특별 기고

우리는 하나다

특별
기고 **우리는 하나다**

2017년 8월 15일 1판 1쇄 펴냄

글쓴이 윤구병
편집 조혜원, 김로미, 김성재, 박세미, 유문숙, 이경희
디자인 서채홍 | **제작** 심준엽
영업 · 홍보 송추향, 안명선, 양병희, 이옥한, 정영지, 조병범, 조서연, 최민용
경영 지원 임혜정, 전범준, 한선희
인쇄와 제본 (주)천일문화사

펴낸이 윤구병 | **펴낸 곳** (주)도서출판 보리 | **출판등록** 1991년 8월 6일 제9-279호
주소 (10881)경기도 파주시 직지길 492
전화 031-955-3535 | **전송** 031-950-9501
누리집 www.boribook.com | **전자우편** bori@boribook.com

잘못된 책은 바꾸어 드립니다.
값 10,000원

보리는 나무 한 그루를 베어 낼 가치가 있는지 생각하며 책을 만듭니다.

ISBN 978-89-8428-973-4 03810

이 도서의 국립중앙도서관 출판예정도서목록(CIP)은 서지정보유통지원시스템 홈페이지(http://seoji.nl.go.kr)와 국가자료공동목록시스템(http://www.nl.go.kr/kolisnet)에서 이용하실 수 있습니다. (CIP제어번호: CIP2017017702)

특별
기고

우리는 하나다

윤구병 글

보리

여는 글

'영세중립 코리아'를 외쳐야 하는 까닭

여기에 실린 글들은 박근혜가 선장으로 갈아타서 '대한민국호'라는 배를 함부로 몰다가 침몰시키기 직전에 이르는 2013년 1월부터 2015년 11월에 이르기까지 드문드문 〈한겨레〉 신문에 실었던 '특별기고'다.

이명박 정권이 녹조라테로 만들어 버린 물길에 최순실이 키잡이가 되어 지그재그 운행을 하던 대한민국호는 온갖 부정부패와 인사비리로 썩을 대로 썩어 갈앉기 일보 직전이었지만, 선실 맨 윗자리를 차지하고 앉아 흥청망청 뒷거래를 일삼으면서 돛도 닻도 제대로 챙기지 않고 국정농단을 일삼고 부추기던 이른바 학자, 이른바 교수, 이른바 행정 관료, 이른바 '이념적 국가 기구', 이른바 '폭력적 국가 기구', 이른바 재벌기업들은 한 손에는 태극기, 또 한 손에는 그보다 더 큰 아메리카합중국 성조기를 흔들어 대면서 '대한민국 만세', '아메리카합중국 만만세'를 불러 대고 있었다.

사드 배치가 물밑에서 진행되고, 또 하나의 '세계 사법 사상 암흑의 날'로 불릴 법한 정치재판으로 진보정당이 해산되고, 국회에서 몇 석 안 되는 의원들이 '국가 전복 세력'이라는 올가미에 묶여 썩은 냄새 진동하는 물속으로 내동댕이쳐지는데도 거기에 맞서 '이건 아니다' 하고 외치는 소리는 낄낄거리면서 자축하는 목소리에 묻혀 어디에서도 들리지 않던 암흑의 시절이었다.

아메리카합중국의 군산복합체는 이 틈을 타서 '대한민국 군 전력 강화'라는 이름 아래 이른바 '첨단 무기 체제 정비'라는 간판을 내걸고 이 땅을 대중국 전략무기 배치의 교두보로 삼아 잇속 챙기기에 겨를이 없었고, 군국주의 일본의 아베 정권은 이 나라 구석구석에 도사리고 있는 친일파 후손들을 꼬드겨 '위안부' 문제에 대한 '불가역적인 최종 회담'을 이끌어 냈다.

간덩이가 부을 대로 붓고 부풀어 오를 대로 부풀어 올라 저승 갈 날이 오늘내일인 시골 늙은이가 세월호의 침몰로 아직 꽃피워 보지도 못하고 수장된 단원고 학생들에 뒤이어 이대로 두었다가는 남누리 북누리에 사는 '우리 나라 사람'들이 하나도 남김없이 떼죽음을 할 수밖에 없겠다는 불길한 예감에 진쟁광들의 나라 아메리카합중국을 평화의 나라로 바꾸어 놓지 않으면 안 되겠다는 생각으로 아메리카합중국 혁명 사령관을 자임하기도 하고, 혁명 공약을 발표하기도 했지만, 블랙코미디로 낙인찍혀 '어느 집 개가 짖느냐'는 코웃음만 불러일으킬 뿐이었다.

마지막 기고에 '이름을 바로잡아야 한다'는 제목 아래 '국군과 인민군'이라는 부제를 달고 '국군'이라는 이름을 '인민군' 또는 '인민해방군'으로 바꾸자고 외쳤으나 이 글에서 부제인 '국군과 인민군'은 떨어져 나가고, 내 이름은 '특별기고' 필자 명단에서 지워졌다.

다행히 '선실에서 기다리세요'라는 나긋나긋한 저승사자의 목소리를 정답으로 여기지 않은 사람들이 침몰하는 대한민국호에서 뛰어내려 손에 손에 촛불을 켜고 광화문으로, 금남로로, 전국 방방곡곡 이 길 저 길로 뚜벅뚜벅 걸어 나와 어둠을 밝히기 시작하고 마침내 세계 역사에서 유례가 없는 평화혁명으로 선장을 갈아 치우고 배를 손질하기 시작했다.

그러나 아직 갈 길은 멀다. 내가 '특별기고'에서 지적했던 병폐 가운데 어느 하나도 아직은 고쳐지지 않았다. 생살을 도려내는 아픔을 견뎌 내지 않고는 언제 어디서 어떻게인지도 가늠할 틈이 없이 촛불이 횃불로 타오르지 못하고 '어둠의 세력'들 손에 다시 꺼질지 모른다.

이것이 내가 이 '특별기고'를 작은 책으로 묶어 내는 까닭이다. 이미 3년 전에 나는, 앞에는 '사드 배치 반대', 뒤에는 '나는 대한민국 국민이 아니다. 나는 조선인민공화국 인민이 아니다. 나는 우리나라 사람이다'가 쓰인 팻말을 들고 판문점 언저리에서 단독 시위를 했던 적이 있다. (그 사진은 지금도 어딘가에 간직되어 있을 것이다.) 사드 배치 문제는 현재 중미 간 남북 간 최대 외교 현안으로 떠오르고 있다. 얼버무리거나 눈치를 살필 일이 아니다. 방치될 일도 아니다. 이 문제를, 그리고 북핵 문제를 근원적으로 해결할 길은 하나밖에 없다. 우리 나라 사람들이 한마음 한뜻으로 '영세중립 통일연방 코리아'를 외치고, 이 구호가 현실화될 때까지 가시밭길을 걷고 또 걸어야 한다.

윤구병

차례

일러두기

이 책은 2013년 1월부터 2015년 11월까지 〈한겨레〉 신문 '특별기고'에 실린 글을 엮은 것입니다.

1장

2013년

두 눈 부릅뜨고 보자

박근혜 님에게

나는 이번 대통령 선거에서 당신을 찍지 않았습니다.

실은 아무도 찍지 못했습니다. 일이 있어 서울에 붙들려 있었는데, 주소지는 외딴섬이어서 가지를 못했습니다. 그래도 투표권을 행사했다면 야당 후보를 찍었을 겁니다. 어쩌다 한 표 차이로 당락이 갈렸다면 그 먼 길 가지 않았음을 땅을 치며 뉘우쳤을지도 모르겠습니다. 그런데도 당신에게 이 편지를 씁니다. 당신이 대통령 당선인이기 때문입니다.

내게 첫 선거권이 주어졌을 때, 나는 당신의 아버지 박정희를 찍었습니다. 이유는 단순합니다. 하루아침에 당신 아버지가 '빨갱이'로 몰렸습니다. 나는 '빨갱이 사냥'에 형 여섯을 잃은 사람입니다. 가장 나이 어린 형은 열다섯 살이었습니다. 내 나이 여덟 살 때 일입니다.

내 형들은 공산주의가 무엇인지, 자본주의가 무엇인지, 이념이 무엇인지를 모르는, 까막눈인 사람들이었습니다. 아마 그때 그런 말이 무슨 뜻인지 알았던 사람은 만 명에 하나, 아니 십만 명에 하나도 안 되었을 겁니다. 해방이 힘센 나라들의 힘으로 거저 이루어진 판에 일본군을 무장해제시키려고 삼팔선이 그어졌는데, 통일된 나라로 천년 넘게 살아왔으므로 일본군이 물러나면 당연히 삼팔선은 없어지리라고 믿었던 사람이 만에 9990명 이상이었을 것입니다.

그리고 조선 왕조가 부정부패와 극심한 빈부격차로 무너졌으므로, 이제 해방이 되었으니 0.1퍼센트만 잘살고 99.9퍼센트는 못사는 나라가 아니고, 모두가 고루 잘사는 나라가 되었으면 좋겠다고 여기는 사람이 100에 99명은 되었을 겁니다. 제 짐작으로는 그 시절에 열다섯 살이 넘으면 모두 철든 어른 대접을 받았으므로 죽은 형들도 통일과 사람들이 고루 잘사는 세상 편이었으리라고 뒤늦게나마 미루어 짐작합니다.

그런데 내 형 여섯을 앗아 간 전쟁이 벌어진 뒤로 남과 북은 서로 부모 형제를 죽인 원수로 갈라섰습니다. 이것은 우리 뜻이 아니고, 힘센 나라들이 부추겨서 그리됐음을 당신도 알고 나도 압니다. 나는 당신의 아버지도 이념의 희생자였다고 봅니다. 다행히 '대한민국' 대통령이었던 당신 아버지는 7·4남북공동성명을 통해 '조선민주주의인민공화국' 주석이었던 김일성과 함께 우리 문제는 우리끼리 평화적으로 해결하겠다는 뜻을 온 세계에 알렸습니다. 우여곡절은 있었으나, 그 뒤로 역대 대통령들이 그 뜻을 옳다고 여겼고, 김대중 대통령과 노무현 대통령 시절에는 평화의 가교를 놓는 데에 큰 힘을 기울였습니다. 당신도 아버지의 유지를 이어받겠다는 뜻으로 평양을 방문해 김정일을 만났으리라고 봅니다.

지금 당신 주변에는 온갖 경험담과 논리로 아버지 뜻을 저버리라고 부추기는 사람들이 있겠지요. 그러나 거기에 넘어가면 안 됩니다. 이명박 정권이 저질렀던 잘못을 되풀이해서는 안 됩니다. 다행히 중국에 사절을 보냈다는 기사를 읽었습니다. 중국은 미국 못지않게 우리에게 큰 힘을 행사하는 나라여서 그동안 꼬였던 가닥을 잘 풀어내는 게 급선무일 것입니다. 그러나 이쪽이 북녘을 따돌리고 중국과 직거래를 하기는 힘듭니다. 그것은 저쪽이 남녘을 따돌리고 미국과 직거래하기 힘든 것과 마찬가지입니다. 남과 북 사이에 평화교류와 긴장 해소가 커지면 그에 비례하여 복지에 쓸 수 있는 재원도 쉽게 마련될 것입니다. 복지 비용을 마련할 다른 길은 잘 안 보입니다.

잘 판단하셔서 빈부격차 해소와 남과 북의 평화에 디딤돌을 놓은 훌륭한 대통령으로 기억되기를 바랍니다.

2013. 1

말길이 바로잡혀야 한다

나는 상스러운 말을 입에 달고 산다. 아무 때나 한다. 상스러운 말은 거의가 우리 말이다. 같은 상스러운 뜻을 지니고 있어도 힘센 나라 말은 상스럽지 않다. 힘 있는 사람이 입에 담아 버릇하면 상스러운 말도 본받을 말이 된다.

'좆'은 상스럽게 들리지만 '음경'이나 '페니스'는 '학술적'이고 '교양' 있게 들린다. 물 건너온 말이기 때문이다. 힘센 나라에서 힘 있는 사람들이 모셔 온 말이기 때문이다. 그런데 이 '좃'(우리 마을 표준말로는 '좆'이 아니고 '좃'이다)이 처음부터 상스러운 뜻으로 절어 있었을까? 아니다. 사람 얼굴에서 솟아오른 데가 어딘가? 코다. '코'의 옛말은 '고'다. 이곳저곳할 때 '곳'도 솟아올라 눈에 잘 띄는 자리를 가리켰다. 요즘에 입에 자주 오르는 이른바 '랜드마크'(landmark)다. 파리의 에펠탑, 맨해튼의 자유의 여신상……. 바다 쪽으로 뻗어나간 뭍도 '곶'이다. '장산곶' 하면, 굳이 '매'를 떠올리지 않아도 우리 머리에 떠오르는 모습이 있다.

어느 나라 말에나 홀소리는 쉽게 바뀐다. 아, 어, 오, 우, 으, 이는 서로 소리바꿈을 해서, 하늘을 가리켰던 옛 우리 말 '검'은 '감'도 되고, '곰'도 되고, '금'도 되고, '김'도 되고, '굼'도 되었다. 중국이나 이 땅이나 예부터 검은 밤하늘을 하늘이 띠는 제빛 하늘이라 여겼다. '천'(天)이 '현'(玄)이요, 즉 '하늘'이 '검'이었다는 이야기는 《천자문》 맨 앞자리에 나온다. '하늘' '천' '따' '지' '감'을 '현' '누르' '황', 천지현황(天地玄黃)은 여기서 우리 말 소리만 따로 떼 내면 '하늘'은 '감'(검)이요, '따'는 '누리'라는 뜻을 담고 있다.

쉬운 소리바뀜 때문에 말뿌리를 캐는 어원학자들은 모음(홀소리)을 한쪽으로 제쳐 놓고 때와 곳에 따라 바뀜이 덜한 닿소리(자음)에 눈길을 돌린다. 그러나 닿소리라고 해서 아예 안 바뀌는 것은 아니다. 'ㄱ'은 곧잘 'ㅈ'으로 바뀐다. 어느 나라에서나 마찬가지다. 언어학자들은 이것을 '식민본국'에서 들여온 말로 '구개음화'라 일컫는다.

이쯤 하고 이제 다시 상스러운 소리로 돌아가자. 가슴에서 솟아오른 것을 무엇이라고 하는가? (암컷 가슴을 떠올리면 훨씬 알기 쉽다.) '젖'이라고 한다. (우리 마을 말로는 '젓'이다.) ㄱ → ㅈ, ㅗ → ㅓ. 젖가슴은 가슴에서 솟아오른 '곳'이다. 다른 뜻 없다. 굳이 '유방'이라고 부를 것 없다. '젖가슴이 눈길을 끌면' 더 상스럽고, '유방이 매혹적이면' 덜 상스러운가?

왜 이 거룩한 자리(?)에서 이딴 흰소리를 늘어놓고 있는가? 날이면 날마다 달이면 달마다 이른바 '인문학'의 물결을 타고 주검으로 떠내려가는 우리 말이 어디에나 그야말로 '시산시해'(屍山屍海), 산처럼 쌓이고 바다처럼 널브러져 있기 때문이다. 말과 글은 '언어'라고 해야 꼴값을 하고 이야기는 '담론'으로 입에 올려야 주고받을 만한 의사소통의 도구가 되기 때문이다. 이 '유식'한 '언중'들이 세 살배기 어린애도, 까막눈인 할머니도 알아들을 수 있는 말로 '참'과 '거짓'을 가릴 수 있고, '좋음'과 '나쁨'을 갈라 세울 수 있는가? 날이면 날마다 '진리'가 무엇이고 '허위'의식이 어떻고, 글이면 글마다 '선'이 어떻고, '악'이 어떻다고 괴발개발 끼적이는 이들을 언어의 식민화에 앞장서는 '식민지 지식인'이고, '이념적 국가기구의 하수인'이라고 들이대면 뭇매를 맞을 세상이 되었다.

그래도 고지식하게 묻겠다. 이 땅의 지성인들에게 묻겠다. '어 다르고 아 다르다'는 말 들어 본 적 있는가? 그게 무슨 뜻인지 아는가? 열에 아홉은 '소리가 다르잖아', '목청 높이지 말고 자분자분 이야기해야 한다는 뜻 아냐?' 하고 얼버무리거나 에둘러 우물거릴 게 뻔하다. 가장 쉬운 우리 말 뜻조차 모른다. 잊어버렸다. 잃어버렸다. '차이'와 '차별'의 뜻이 다르다는 것은 미주알고수알 주워섬길 수 있어도 '어' 다르고 '아' 다른 것은 모른다. 듣고도 모르고 보고도 모른다. 말의 종살이가 이 지경이 되었다.

언니, 아우, 어른, 아이라는 말을 모르는 사람은 없겠지. '지금'의 우리 말이 '이제'이고, 오늘보다 하루 앞선 날이 '어제'인 것을 모른다고 할 사람도 없겠지. 그러나 한자 말 '내일'(來日)에 짓밟힌 우리 말은 무엇이었을까? '아제'였지. 뭉개고 짓밟아 없애 버렸지. 그래도 흔적마저 지울 수는 없었지. 그래서 '아직'이라는 말로 되살아날 날을 기다리고 있지. '때'를 가리키는 우리 말 가운데 '이'는 현재를, '어'는 과거를, '아'는 미래를 나타내고, 따라서 '어'는 앞선 것을, '아'는 뒤선 것을 드러낸다는 것은 옛 문헌에서도 찾아볼 수 있고, 사투리라고 깔보는 '각 지역 표준말'에도 살아 있다. 그런데도 대학에 교수로 자리 잡고 있는 국어학자, 언어학자들은 거의가 제 땅에서 움돋고 자란 말의 뿌리를 찾을 생각은 않고, '말'이 '말' 타고 들어온 저 우랄·알타이, 몽골, 말갈의, 이제는 모래벌판으로 바뀐 저 '언어의 식민본국'에만 눈길을 돌리고 있다. 그야말로 '언어의 유목민'들이 힘센 나라의 낯선 말들을 쌓아 올린 '천 개의 고원'을 넘나들고 있다. '말'을 '말'로 삼아.

《울고 싶도록 서글픈 한국어학의 현실》(최한룡, 신정사, 1999)을 쓴 최한룡* 선생을 아는 대학교수가 몇 분이나 있을까? 말소리를 글자로 제대로 옮기려면, 기계에 맡겨도 음성언어가 문자언어로 자동 입력되려면 소릿값이 같아야 한다. 우리 말 사전에 오른 낱말 가운데 열에 일곱은 한자다. 우리가 어쩔 수 없이 가져다 쓸 수밖에 없었던 이 중국 말의 소릿값을 우리 말의 소리 높이와 길이에 맞추어 제대로 내려고, 그래서 한자음을 '표준화'시키려고 애써 온 임금들이 있다. 《훈민정음》을 펴낸 세종이 《동국정운》을 엮었고, 정조는 《규장전운》을 책으로 묶었다. 이 '발음 사전'에 실린 한자 말의 소릿값이 제대로 지켜져야 이 말 다르고 저 말 다르게 받아들이는 일이 없겠다는 생각에서였겠지. 그 뒤로 200년도 훌쩍 넘게 흐른 오늘 이 땅에 제대로 된 '발음 사전'이 나온 적이 있는가? 없다.

최한룡 선생은 '학자'가 아니다. 1926년 경북 청도에서 태어나 나이 스물에 대구상업학교를 나온 것이 마지막 '학력'이다. 그 뒤로 초등학교 선생, 금융조합 서기, 농업은행 은행원, 제조 공장 노동자, 판매회사 사원, 광산 일 들을 닥치는 대로 하다가 쉰여섯에 일자리를 잃은 분이다. 이이가 한 말을 이 자리에 옮긴다. "국어학과를 졸업한 국어학자가 아니었기 때문에 국어학계의 오류들이 눈에 띄었다. 이 말은 한국에서는 역설이 아니라 직설이다." 아울러 이이가 1300쪽이 넘는 큰사전 크기의 책 머리에 적어 놓은 글을 보자.

> 우리 나라에서 지금까지 나온 소위 국어사전이라는 것들과 한국어 발음 사전이라는 것들로서 음의 장단 표시를 해 놓은 것들은 한자음의 발음에 관한 한, 예외 없이 음의 장단에 있어서 50퍼센트를 훨씬 넘는 오류를 범하고 있는 엉터리들입니다. …… 우리 나라 국어학계라는 것이 반세기가 지나도록 평온무사하게만 보이는 것은 학문적인 모순이 전무해서가 아닙니다. 기본적인 기초 이론에 있어서도 엄청난 모순을 안고 있지만 학계라는 것이 수준 낮은 엉터리들로만 이루어진 총체적인 엉터리여서 아무도 모순을 인지하지 못하기 때문에 모순이 없는 것

처럼 보일 뿐입니다.

이이가 이 책을 낸 해는 1999년, 나이 일흔넷일 때였다. 아직도 살아 계신다면(1926년생이니까) 아흔을 바라보는 나이이겠지. 이렇게 우리는 '학력미달'로 뛰어난 '학문적 업적'을 쌓고도 아무도 거들떠보지 않는 사이에 이미 죽었거나 죽음을 앞둔, 먼저 깨친 이들의 주검 위에 '식민언어'의 모래성을 쌓고 있다.

(앞으로 몇 차례에 걸쳐서 학자로, 지식인으로, 언론인으로 거들먹거리는 '이데올로기 청부업자'들의 말솜씨들을 더 비틀고 꼬집을까 한다. 왜냐하면 교육은 이미 '말로 하는 것'으로, '책에서 배우는 것'으로 탈바꿈되고, 따라서 말길을 바로 열고 바로잡는 것은 벼랑 끝에 선 우리 삶을 되돌리는 지름길이라고 믿고 싶기 때문이다.)

2013. 5

* 우리 말 연구가 최한룡 선생은 2015년 11월 16일 향년 90세로 세상을 떠났다.

상소리 '교양학'(?)

내친김이니 다시 상소리를 이어 가자. 이번에는 '남근', '여근'이라는, 교양이 철철 넘쳐흐르는 학술용어 버리고 '자지', '보지'다. 고→곳→좆→젓이 하나같이 솟아오른 것, 뻗쳐 있는 것을 가리킨다는 말은 이미 했다. '자지'는 조(좆)의 '아지'(아기)다. '아지'는 송아지, 망아지, 강아지를 떠올리면 곧 알 수 있다. '조아지'의 준말이 '자지'다. 불두덩에서 솟았으되 아직 어려서 작게 솟아오른 것이 자지다. 옛날에는 아이들 것만 자지라고 불렀다. '보지'는 어떤가? '보아지'의 준말이다. '보'는 감싸는 것이다. 아기를 감싸고 있는 데를 '자궁'이라는 점잖은 말로 눈가림하지 않고 우리 말로는 '애기보'라고 불렀다. 작은 보자기여서 '보지'다. 이것도 아직 덜 자란 '아기보'다.

그러면 '좆'의 짝이 되는 우리 말은 무엇인가? '씹'이다. 이 말에는 다른 뜻이 없다. '씨'를 받아들이는 '입'이라는 뜻을 지니고 있을 뿐이다. '씨+입'→'씹'이다. 언니를 언니라고 부르지 못하고 아버지를 아버지라고 부르지 못하는 홍길동보다 더 서러운 사람은 '자지를 자지라고, 보지를 보지라고' 입에 담지 못하는 아이들이다. 아이들은 서너 살 무렵부터 따로 가르치지 않아도 저절로 이 말들을 입에 올린다. 자연스러운 일이다. 그런데도 어른들은 호들갑을 떨면서 이 말을 아이들이 입 밖에 내지 못하게 말문을 막는다. 왜 이런 일이 벌어지는가? 우리 말을 말 같지 않게 여기고, 힘센 나라에서 들여온 알아듣기 힘들고 소리 내기 힘든 말만 우러르는 '먹물'들이 예부터 이 나라를 쥐고 흔들었기 때문이다.

우리 나라 땅 이름을 살펴보자. 내가 알기로 서울에서 널리 알려진 곳 가운데 우리 말 땅 이름을 그대로 지니고 있는 데는 '모래내'밖에 없다. 흑석동, 현석동, 풍납동…… 서울의 지명이다. 머리에 무엇이 떠오르는가? 아무것도 없다. 옛날에 '흑석동'은 '감은돌이'였다. 한강이 흐르다가 강 쪽으로 불거져 나간 벼랑을 끼고 감아도는 곳이 '감은돌이'다. 한 번도 그곳에 가 본 적 없는 먹물들이 책상머리에 붙어앉아 "'감은 돌'? '검은 돌', 그러면 진서로는 검을 흑(黑), 돌 석(石), '흑석'으로 써야지" 하고 바꿔치기했다. 그런데 어럽쇼. '삼개'(마포) 지나서 또 '감은돌이'가 있네. 쩝쩝. 이건 검을 현(玄), 돌 석(石)을 써서 '현석'동으로 바꾸지. 자, '감은돌이'와 '흑석동', '현석동'이 어떻게 다른지 알겠는가? 흑석동, 현석동에서는 안 보이던 것이 감은돌이에서는 또렷이 떠오르지 않는가? '풍납동'도 옛날에는 '바람드리'였다. '웃바람드리', '아랫바람드리'가 흙으로 쌓은 옛 울바자(토성) 둘레의 이름이었다. 이 먹물들은 땅 이름만 없앤 게 아니라, 땅 이름을 빼앗으면서 우리의 상상력마저 죽여 버렸다. 다시는 이딴 짓 하지 못하게 '교수형' 시키는 게 마땅하지 않은가?

이제 우리 말 '받침', 종성(終聲) 차례다. 일제 식민지 치하에서 우리 한글학자들 애쓴 것 안다. '조선어학회' 사건으로 옥살이를 하면서까지 우리 말, 우리 얼 지키려고 목숨 걸었던 뜻에 고맙다고 큰절 바친다. 그런데도 아쉬운 게 있다. '받침 문제'다.

'한글 마춤법(맞춤법) 통일안'은 1933년에 발표되었다. 그런데 그때까지 아직 '훈민정음 원본'(해례본)은 발견되지 않았다. 훈민정음 원본 첫머리에 붙어 있는 여덟 쪽만 알려져 있었는데, 일곱째 쪽에 '끝소리는 첫소리를 다시 쓴다'로 풀이되는 '종성부용초성'(終聲復用初聲)이라는 글이 적혀 있다. 이것이 우리 말 받침 문제를 꼬이게 한 빌미가 되었다. 《훈민정음 해례본》이 나타난 것은 1940년 7월이었다. 《훈민정음》이 첫 모습을 드러낸 해는 1443년이었으나 갈고 다듬어 제 모습을 갖춘 해는 1446년이었다. 이 1446년《해례본》에는 끝소리에 ㄱ, ㆁ, ㄷ, ㄴ, ㅂ, ㅁ, ㅅ, ㄹ 여덟 자만 쓸 수 있게 했다. 그 뒤로 일흔 해 뒤 여름에 뛰어난 우리 말 연구가이자 언어학자인 최세진이 홀소리 차례를 'ㅏ, ㅑ, ㅓ, ㅕ, ㅗ, ㅛ, ㅜ, ㅠ, ㅡ, ㅣ'로, 닿소리 차례를 'ㄱ, ㄴ, ㄷ, ㄹ, ㅁ, ㅂ, ㅅ, ㅇ, ㅈ, ㅊ, ㅋ, ㅌ, ㅍ, ㅎ'으로 매기고 닿소리 가운데 ㄱ, ㄴ, ㄷ, ㄹ, ㅁ, ㅂ, ㅅ, ㆁ만 받침으로 써야 한다는《훈민정음》의 뜻을 이어받았다. (최세진이 받침으로 ㄷ을 따로 쓰는데 딴지를 걸었는데, 그 까닭은 그이가 보기로 받침에서 ㄷ과 ㅅ은 소릿값이 같기 때문이었다.) 그 뒤로 조선조 말기인 '갑오경장' 때까지, 그러니까 1894년까지 옛 어른들은 5세기 동안 받침 여덟 자를 끈질기게 지켜 왔다. 그러다가 1921년에는 ㅅ과 소릿값이 다르지 않은 ㄷ 받침을 가려 적는 것이 우스갯말로 '디귿디귿'해서 빼 버리기로 하여 ㄱ, ㄴ, ㄹ, ㅁ, ㅂ, ㅅ, ㅇ 일곱 자로 줄었다.

그런데 맙소사, 1945년 8월 15일 '해방'을 맞은 뒤로 갑자기 받침은 서른 개가 넘게 가지를 쳤다. 온 세상 글의 역사를 샅샅이 뒤져도 쉬운 글자를 어려운 글자로 바꿔치기한 나라가 없는데, 우리 나라에서 처음으로 그런 일이 벌어진 것이다. 이 일을 어떻게 보아야 할까? 이른바 국어학자들의 투철한 '먹물 근성'이 세종대왕의 뜻마저 꺾을 만큼 굳세졌다고 보면 헛것을 본 것인가?

이제부터 우리 말과 글을 샛길로 들게 한 '학문 동네'에 쓴소리를 아끼지 않았던 '학력별무'의 최한룡 선생에 이어 그보다 먼저 태어났고 일찍 돌아가신 정경해 선생의 입을 빌려 쓴소리 몇 마디 덧붙이자. (정경해 선생은 1911년에 경기도 김포에서 태어나 1929년에 경기도 공립사범학교를 나온 뒤에 국민학교에서 아이들을 가르치다 1976년에 정년을 맞고 1995년에 돌아가신 분이다.)

우리 민족에게 국어는 무엇보다 더 소중한 것이오. 국어를 잃어버리면 민족이 없어지는 것이고 국어가 병들면 민족정신이 병들게 되는 것이오. 그런데 대다수의 우리 국민들은 국어의 근본이 잘못 잡혀 있고 이로 인해 우리 민족의 정신이 쇠퇴해 가고 있음을 깨닫지 못하고 있오…….

이분이 '올바름은 결국 그릇됨을 이겨 내는 법'이라고 믿고《하오 성경해 국어학 논총》에 그사이 쓴 글들을 모아 놓은 해는 1995년이다. 깨알 같은 글자로 1000쪽이 넘는 이 책에 '머리말'을 쓰신 지 한 달이 채 못 되어 눈을 감으셨다.

'여자'의 우리 말이 '가시'이고, '남자'의 우리 말이 '버시' 또는 '바시'였던 것을 아는 사람이 몇이나 될까? '아가씨'는 잘 알고, '각시'는 들어 보았어도 '가시'가 '곶'으로 바뀌고, 이어서 '꽃'이 되었다는 말의 뿌리도, '바시'가 '바지'로 자취만 남았다는 것도 눈여겨보지 않겠지. 아버지가 왜 '아버지'인 줄도 깜깜할 테니까.

우리 신문이 한문은 아니 쓰고 다만 국문으로만 쓰ᄂᆞᆫ거슨 샹하귀쳔이 다 보게 홈이라. …… 각국에셔는 사ᄅᆞᆷ들이 남녀 무론ᄒᆞ고 본국 국문을 몬저 ᄇᆡ화 능통ᄒᆞᆫ 후에야 외국 글을 ᄇᆡ오ᄂᆞᆫ 법인ᄃᆡ 죠션셔ᄂᆞᆫ 죠션 국문은 아니 ᄇᆡ오드ᄅᆡ도 한문만 공부ᄒᆞᄂᆞᆫ ᄶᅡᄃᆞᆰ에 국문을 잘 아ᄂᆞᆫ 사ᄅᆞᆷ이 드믈미라 …… 한문 못 ᄒᆞᆫ다고 그 사ᄅᆞᆷ이 무식ᄒᆞᆫ 사ᄅᆞᆷ이 아니라 국문만 잘ᄒᆞ고 다른 물졍과 학문이 잇스면 그 사ᄅᆞᆷ은 한문만 ᄒᆞ고 다른 물정과 학문이 업ᄂᆞᆫ 사ᄅᆞᆷ보다 유식ᄒᆞ고 놉흔 사ᄅᆞᆷ이 되ᄂᆞᆫ 법이라…….

–〈독립신문〉 창간호 논설 가운데

윗글은 1896년 사월 칠일에 나온 〈독립신문〉 창간호에서 따온 글이다. 주시경 선생은 100년도 훨씬 앞서 이렇게 쉬운 글로 우리 할머니, 그 할머니, 할아버지, 그 할아버지를 깨우쳤다. 지금 '지식인'들이 그 몫을 이어받고 있는가?

2013. 7

'교과서 교육'의 '정답'은 정답이 아니다

50년 전에 견주어 지금 우리 나라는 200배나 잘살고 있다. 1인당 국민소득이 100달러 안팎이던 나라가 2만 달러가 웃도는 시절을 만났으니 그렇지 않은가?

공무원 봉급은 1000배나 올랐고(참고로, 1963년 공무원 평균 임금이 3000~4000원이었는데 2013년 평균 임금은 300만~400만 원을 웃돈다) 쌀값도 거의 비슷하게 올랐다. 그러니 국민소득으로만 따지면 우리 나라 공무원들은 50년 전보다 1000배는 더 잘살고 있고, 농민들도 나라님 덕분에 이 좋은 세상 만났다고 백번 천번 굽실거려야 마땅하다.

그런데 과연 그런가? 농민들도, 공무원들도, 일반 국민들도, '조국 근대화' 덕분에 '태평성대'에서 살고 있는가?

내가 대학에 입학했던 1963년 서울 시내버스 삯은 5원이었는데, 2013년 8월 현재 버스삯이 카드로는 1050원, 현금으로는 1150원이다. 에누리 없이 200배도 더 넘게 뻥튀기된 것이다.

서울 집값은 더 많이 올랐고, 집 없는 사람들은 몇 곱절 더 늘었다. 먹을 것, 입을 것, 잠자리 마련에 드는 돈, 자녀 교육비 모두 몇백 배에서 몇천 배까지 다락같이 뛰어올랐다. 이것저것 제쳐 놓고 생필품 값만 따지더라도 물가가 줄잡아도 200배의 몇 곱절은 오른 것이다. '2만 나누기 200은 100.' 이 숫자가 무얼 뜻하는가? 서민들 처지에서 보면 후하게 치더라도 국민소득은 여전히 100달러 안팎 수준에 머물러 있고, 삶의 질은 더 떨어졌다는 이야기다.

어찌 그뿐인가. 지난 50년 동안 '잘살아 보세' 운동에 떠밀려 조상 대대로 물려받은 맑은 물, 맑은 공기, 기름진 땅은 자취 없이 사라지고, 후손들에게 물려줄 것이라고는 '죽음의 땅'밖에 없다. 이것이 현재 '아, 대한민국'의 현실이다.

다른 모든 것 뒤로 미루고 '교육 현실'만 보자. 사람은 다른 생명체와는 달리 유전정보에만 기대서는 살 수 없다. 집도, 옷도, 먹을 것도, 일을 배워야만 마련할 수 있다. 어른들은 일을 가르치고, 아이들은 몸 놀려 일하기를 익혀야 한다. 교육의 근본 목적은 다른 데 있지 않다. 스스로 제 앞가림을 할 수 있게 몸 놀리고 손발 놀려 일하는 힘을 길러 주어야 한다. 그 나머지는 곁가지에 지나지 않는다.

그런데 지금 우리 아이들이 이런 교육을 받고 있는가? 우리는 아이들에게 오랑우탄만도 못한 교육을 시키고 있다. 오랑우탄 암컷은 새끼가 태어나면 꼬박 일곱 해에 걸쳐 자연에서 얻을 수 있는 먹을 것 400가지와 나무를 오르내리고, 나무 위에 집을 마련하고, 나무에서 나무로 건너뛰는 법을 가르친다. 이 모두가 '현장 교육'이다. 이렇게 해서 오랑우탄 새끼는 여덟 살만 되면 스스로 제 앞가림을 할 수 있는 힘을 지니게 된다.

지금 우리는 이른바 제도 교육 기관에서 짐승만도 못한 '교육'을 시키고 있다. 손발 놀리고 몸 놀려야, 서로 어우러져 함께 놀고 일손을 도와야 할 아이들이 이른 아침부터 밤늦게까지 딱딱한 걸상에 궁둥이 붙이고 앉아 강시나 좀비가 되는 교육 아닌 '교육'을 받고 있다.

이 세상에 정답이 하나밖에 없는 삶의 문제가 도대체 어디 있는가? 그런데 우리 교과서는 '정답은 하나'라고 가르치고 있다.

예수, 부처, 알라를 떠받드는 성경, 불경, 코란도 저마다 다른 해석의 길을 열어 놓는다. 그러나 '시험'이 요구하는 '정답'을 무시하는 방식으로 '교과서'를 해석하면, 학생들은 '낙오자'가 된다. 교과서를 비판적으로 읽거나 창의적으로 해석

하는 학생들은 발 딛고 설 자리가 없다. 비판의식을 없애고 창조력을 뿌리 뽑는 데에 우리 나라 '교과서적 교육'을 따라잡을 교육은 이 세상 어디에도 없을 것이다.

교과서가 시키는 대로 오직 하나뿐인 정답을 찾는 교육만 받아 온 아이들이 구체적인 삶의 문제에 맞닥뜨리면, 그 아이들은 어떤 반응을 보일까? '이념적 국가 기구'와 '폭력적 국가 기구'가 한통속이 된 막강한 통치 권력이 '정답은 내 안에 있다. 나를 따르라'고 어르고 을러대면 목매인 송아지처럼 그길로 우르르 따라나서지나 않을까? 무작정 따라나서다 수백만 수천만이 죽고 죽이는 '죽음의 길', '죽임의 길'로 들어서지나 않을까?

'우리가 지지리도 못살았다던 50년 전에는 버스삯이 5원밖에 안 되었다는데 200배나 더 잘살게 되었다는 오늘 왜 우리는 200분의 1인 한 푼이 아니고 1000원이 넘는 버스비를 내야 하지?' 하고 묻는 사람이 왜 하나도 없을까? '서른 해가 넘게 죽자 사자 몸 놀려 일했는데도 왜 나한테는 몸 눕힐 방 한 칸 없지?', '어떤 사람은 한 해에 수천억씩 번다는데 왜 나는 시간 임금을 5000원도 못 받지?', '일하고 싶은데 왜 나는 일자리를 찾을 수 없지?' 하는 문제는 우리 교과서에 실려 있지 않다. 이런 절실한 문제를 다루지 않는 '교과서적 지식'이 어디에 쓸모가 있을까?

오늘날 중국이 '사회주의 시장경제'라는 괴물 경제를 지렛대 삼아 미국과 맞짱 뜨자고 나서는 뒷배에는 이른바 문화혁명이 있었다. 1966년에 문화혁명을 일으킨 혁명 주체들이 맨 먼저 한 일은 '학교' 문을 닫은 것이다.

학교를 벗어난 젊은이들은 농촌이나 공작소로 '하방'되었다. 현재 중국에서 삼권을 휘두르는 우두머리 자리에 있는 시진핑도 일곱 해 동안 노동 현장에서 농민과 노동자들과 함께 땀 흘려 일했다. 일하면서 스스로 제 앞가림하는 힘을 몸에 붙였다.

지금 중국 공산당의 몸통을 이루는 거의 모든 사람들이 바로 이 '문화혁명 세대'다. 그래서 현재 중국에서 빈부의 격차가 턱없이 벌어지고 부정부패가 날이 갈수록 기승을 부리고 있다고는 하지만, 이들과 함께 땀 흘려 일한 경험이 있는 기층 인민들이 아직은 '저이들은 우리와 함께 몸 놀리고 땀 흘리면서 일한 사람들이야. 저 사람들은 우리에게 등 돌리지 않을 거야' 하는 믿음을 간직하고 있다. 이 믿음이 뒷받침되어 중국의 정치, 경제가 굴러가고 있는 것이다.

해방을 맞은 뒤로 이 나라 남녘땅에서 이른바 '지도급 인사'로 발돋움한 사람들 가운데 그 발판을 마련해 준 사람들, 저들을 먹이고, 입히고, 재워 준 기층 민중들과 생산 현장에서 함께 땀 흘려 일해 본 사람이 몇이나 되는가?

숨 쉬기 힘든 공기, '녹조라테', '토마토케첩'이 된 민물과 바다, 땅속 깊이까지 중금속으로 오염된 대지. 이것이 미래 세대들이 상속받아야 할 유산이다. 게다가 '학교는 죽었다.'(이반 일리치의 말이다.) '이 아이들을 어찌할 것인가?' (이오덕의 말이다.)

이것이 우리 아이들이 물려받을 수밖에 없는 '저주의 몫'(조르주 바타유의 말이다)이다. 어찌할 것인가? 이래도 '사람만이 희망이다'(박노해의 말이다) 하고 말할 수 있는가? 그래, 그래도 사람만이 희망이다.

온 지구를 200년이 채 안 되는 사이에 절망으로, 죽음으로 몰아넣은 힘이 사람으로부터 나왔으므로 이 별을 되살려 내는 몫도 사람이 맡아야 한다. 그런데 강제로 시키는 자율학

습으로, 정답이 하나뿐인 시험으로 머리도 손발도 굳을 대로 굳어 버린 우리 아이들이 '사람 노릇'을 제대로 할 수 있겠는가? '짐승'만도 못한 어른들이 '기계'로 길들여 놓은 이 아이들이 제 손으로 '플러그'를 뽑을 수 있겠는가? 무엇이 '정답'인가?

이 아이들을 더는 학교에, 교과서 속에 가두어 두어서는 안 된다. 산과 들과 바닷가로 몰아내야 한다. 몸 놀리고 손발 놀리면서 살 길을 열어 주어야 한다.

2013. 8

두 눈 부릅뜨고 보자

닮았다. 무섭게 닮았다. '국군의 날', '인민군 창립 기념일' 행사. 파시스트 이탈리아 무솔리니 군사 행렬, 나치 '히틀러 유겐트'의 손발 놀림. 저게 어디 사람 손놀림인가, 발놀림인가, 얼굴 모습인가. 굳고 일그러진 표정, 꺾이고 뒤틀린 허수아비 춤 같은 동작, 저승으로 끌려가는 길이 보인다.

사람을 가장 많이, 가장 빨리, 가장 쉽게 죽일 수 있는 최첨단 무기를 실은 차들이 줄지어 지나가고, 하늘에서는 전투기들이 치솟았다 곤두박질치고, 공수부대원들이 국회의사당 쪽으로 뛰어내리고……. 대포알에 박살 나는 시스티나성당, 건물 몇 채 남지 않고 허허벌판이 된 평양, 굴비 두름 널브러지듯 젊은이들이 한데 엮여 죽어 간 1980년 '빛고을'…… 보인다, 그 죽음의 행렬이. 이미 죽어 갔고, 지금도 죽고 있고, 앞으로도 죽어 갈 그 많은 젊은이들, 그리고 곧 뒤이어 앗아 갈 아이들의 목숨.

저 행사는 적에게 본때를 보이려고 벌이는 게 아니다. 성난 고릴라처럼 '맞설 테면 맞서 봐' 하고 가슴을 두 손으로 번갈아 치는 대신에 세계만방에 전투력을 과시하기 위해서 저 짓을 하는 게 아니다. 무솔리니가, 히틀러가, 파시스트들이, 나치가 그랬듯이 전쟁으로 눈길을 돌리게 해서 저희들이 저지르고 있는 잘못을 가리려는 독재자, 전쟁광들의 '대국민 공포 조성용'이다. 어렸을 때 나는 저런 행사를 자주 보았다.

이런 '군사력 시위'는 따지고 보면 모두 제 나라 젊은이들을 무더기로 죽이고, 그 주검을 산더미처럼 쌓아 올리는 '죽음의 잔치'다. 그 잔치 뒤에는 말라붙은 어머니의 젖가슴과 앙상한 갈비뼈에 아랫배가 뽈록 부풀어 오른 아이들로 상징되는 더 길고 고통스러운 굶주린 나날들이 기다린다.

'전쟁'과 '기아'를 따로 떼어 놓고 보는 사람들이 있다. 아니다. '전쟁'과 '굶주림'은 동전 앞뒤를 이룬다. 굶주림에 지친 젊은이들은 돈에 팔려 전쟁터로 끌려간다. (미국 남북전쟁 때 떼돈을 번 사람들, 여러분 귀에도 이름이 익을 록펠러, 포드, 카네기, 모건…… 이 사람들 모두 돈으로 다른 사람들 사서 자기들 대신에 전쟁터에 보내고, 고철이 된 총을 새 총으로 둔갑시키는 따위의 야바위놀음으로 막대한 부를 쌓아 올렸다.) 젊은이들이 전쟁터에서 떼죽음을 당하면 농촌에 일손이 빈다. 밀과 보리가 자라던 밭에는 '망초' 떼가 만발한다. 우리가 흔히 보는 개망초다. 밭을 묵히면 맨 먼저 그 밭을 점령하는 것이 망초(개망초)다. 그야말로 '망할 놈의 풀'이다.

젊은이들이 쟁기질로 밭을 갈아야 할 철에 서투른 칼질, 창질로 싸움터에서 죄다 목숨을 잃었으니 어디에서 먹을 것을 구할 수 있겠는가. 풀뿌리, 나무껍질만으로도 감지덕지다. 백 퍼센트 셀룰로이드인 주먹만 한 똥은 몸 밖으로 내보내야 똥독(황달)에 걸리지 않겠는데, 그 굳은 똥을 밀어내려면 똥구멍이 찢어져야 한다. ('똥구멍이 찢어지게 가난하다'는 말이 은유가 아니라 직유인 것은 겪어 본 사람만이 안다.) 나는 똥을 눌 때마다 두 가랑이를 타고 흘러내리는 피로 이 말이 옳은 말임을 확인했다.

전쟁으로 굶주림을 해결할 수 있다고 믿는 이들이 있다. 옛날에도 있었고, 지금도 있다. 그럴 수도 있겠다. 가난한 집 자식들은 긴 굶주림을 견디는 대신에 전쟁터에 나가 곧 죽을 수도 있으니까.

그러나 전쟁으로 굶주림을 이겨 낼 수는 없다. 다만 '전쟁 특수'라는 것은 만고불변의 진리여서 전쟁은 직접 손에 총을 들지 않아도 되는 소수의 사람들에게는 떼돈을 벌 수 있게 해 준다.

오늘날 아메리카합중국에서는 전쟁이 가난으로부터 벗어날 유일한 길이라는 믿음이 빌입국한 쉶은이들, 일사리가 없는 '88세대', '히스패닉', '멕시칸', '중남미산' '고딩이'들 사이에 널리 널리 퍼져 있다. 어찌 이 철없는 젊은것들만 이 미신에 빠져 있으랴. 펜타곤과 월스트리트를 점령하고 있는 군산복합체 사람들, 그리고 이들이 온실 속에서 길러 내고 있는 의원, 지사, 총기 산업 지지자들…… 이 많은 사람들 사이에서는 이 믿음이 미신을 벗어나서 어느덧 광신의 대상이 되었다.

'전쟁 산업만이 우리를 먹여 살린다', '적어도 세계 어느 곳에선가 20군데 이상 국지전이 일어나야 우리에게 살길이 열린다', '사우디 왕정을 비난하지 마라. 우리 무기를 가장 많이 사들이는 나라다', '당장 시리아에 쳐들어가야 한다'…… 어디서 많이 듣던 이야기 아닌가?

전쟁광들은 서로 닮은 구석이 있다.

첫째, '나'는 안 죽고 '남'만 죽인다. (이 '남'이 이쪽 편이든 저쪽 편이든 아랑곳없다. 이라크에서, 아프가니스탄에서 죽은 '남'은 저쪽 '남'만은 아니다.)

둘째, 돈이 안 되는 싸움판에는 끼어들지 않는다. '용병'이라는 말은 괜히 생긴 게 아니다. (한때 우리도 베트남전쟁에 용병 노릇을 한 적이 있다. 물론 이마에는 '베트남 인민의 자유를 위하여'라고 쓰인 띠를 둘렀다.)

셋째, 깔보이는 나라에만 쳐들어간다. (아프가니스탄이 좋은 본보기가 되었다. 그 나라를 지키고 있는 탈레반이 고작 5만 명이고, 국제적으로 고립되어 있고, 국민소득 100달러 미만이고…….)

넷째, 꼭 그럴싸한 핑계를 댄다. ("후세인이 이라크에 대량살상 화학무기를 은닉하고 있다." "아프가니스탄에 오사마 빈 라덴이 숨어 있다.")

다섯째, 혼자 나서기 쪽팔리면 패거리를 모은다. (5만밖에 안 되는 탈레반을 무찌르려고 조지 부시는 66개 나라의 군대를 줄 세우는 낯 간지러운 '쇼'를 했다. 그래도 아직 그 전쟁을 승리로 '종식'시키지 못하고 있다.)

여섯째, 나라 안에서 구린 짓을 하고, 그게 말썽을 일으키겠다 싶으면 '전쟁놀음'으로 눈길을 돌리게 한다. …… 끝없이 늘어놓을 수 있다. 그러나 이쯤에서 그치자.

이 세상에 전쟁을 바랄 사람들이 어디 있으랴? 안타깝게도 있다. 전쟁광들이 있다. 전체 인민들에게는 목숨과 굶주림으로 때워야 하는 '싸움판'이 한 줌도 안 되는 이 사람(?)들에게는 잃을 것은 하나도 없고 얻을 것만 있는 '꽃놀이패'이고, 남의 목숨을 판돈으로 걸고 벌이는 '놀음판'이고, 그 싸움에서 져도 국립묘지에 꽃 한 송이 들고 가서 잠깐 고개 숙이는 것으로 때울 수 있는 '시엔엔(CNN) 뉴스' 거리일 뿐이다.

전쟁광들을 믿어서는 안 된다. 그 안에 사랑이 담겨야 할 말을 '무기'로 쓰는 사람들을 믿어서는 안 된다. 그네들이 싸움을 부추기고, 살인 교육을 시키고 무기를 대서 내전(?)을 일으켰다가 자기들이 등 떠민 쪽이 지면 맨 먼저 공항으로 달려가 비행기에 몸을 싣는 자들이 누구인지 눈여겨보라. 멀리 볼 필요도 없다.

월남전이 베트콩의 승리로 끝났을 때 비행기에 몸을 실은 사람들은 미국 대사관 직원들만이 아니었다. 옆구리 찔러서 남과 북이 싸우게 만들었던 아메리카합중국은 그 나라 전쟁광들이 한몫 단단히 챙길 기회를 주었다. 그리고 그 전쟁광들의 허수아비 노릇을 했던 남베트남의 군사독재자와 그 가족들까지 비행기에 태워 '자유의 나라'로 실어 날랐다. 물론 그 비행기 안에는 그 허수아비들이 가로챈 검은돈도 실려 있었다.

무엇이, 왜, 어떻게 닮았고 닮아가는지 알겠는가? 왜 '하늘이 열리는 날'(개천절)에는 국경일인데도 그에 걸맞은 잔치가 없었고, 공휴일로 다시 지정된 한글날에는 온 국민이 눈여겨볼 만한 행사가 없었는지 미루어 짐작이 가는가? 두 눈 똑바로 뜨고 보자. 이 '피의 잔치'를.

2013. 10

우리는 토끼다 - 영세중립·통일조국의 꿈

1904년에 조선왕조의 마지막 임금이자 대한제국의 황제였던 고종이 '조선반도'의 '영세중립'을 선포했을 때 아메리카합중국도, 일본도, 중국도 콧방귀를 뀌었다. 미 국방성은 '합중국의 이익에 어긋난다'고, 이토 히로부미(이등박문)는 '울타리 밖 일은 우리에게 맡겨'라고, 중국의 위안스카이(원세개)는 '대청제국의 속국인 주제에 감히…….' 하고 눈살을 찌푸렸다. 당시에 조선과 손바닥만 한 땅으로만 맞닿아 있는 제정 러시아만이 '좋은 생각'이라고 맞장구쳤지만 곧 일본과 맞짱 뜨다가 져서, 그 이듬해 조선은 대일본제국의 먹이가 되었다.

영세중립의 꿈은 《서유견문》을 쓴 유길준과 고종만 꾸었던 게 아니다. (이승만도, 김일성도, 김대중도 함께 꾸었다.) 그러나 박정희 정권이 들어서면서 이 꿈은 푸른 꿈이 아니라 빨간 꿈이 되어 버렸다. 실제로 박정희 시대에 이 꿈의 조직을 이끌었던 '한국 영세중립화 통일추진위원회' 위원장 김문갑과 부위원장 김성립은 '영세중립'이라는 말을 입 밖에 냈다는 이유만으로 '반미용공분자'로 몰려 저마다 10년, 5년 동안 옥살이를 해야 했다. (이미 돌아가신 이분들은 자제들이 재심을 청구하여 52년 만인 2013년 5월에 무죄 판결을 받았다.)

한반도를 호랑이 꼴로 바꾸고 싶어 한 사람들이 있다. (판화가 오윤도 그런 사람 가운데 하나다.) 그러나 조선반도는 호랑이 꼴이 아니라 토끼 꼴이다. 그리고 이 토끼를 노리고 있는 러시아나 중국이나 일본이나 아메리카합중국은 죄다 호랑이, 사자, 늑대, 스라소니 같은 사나운 짐승들이다. 100년 전에도 그랬고, 100년 뒤에도 그럴 것이다. 틈만 나면 조선 땅을 한입에 집어삼키려 드는 이 짐승들의 날카로운 송곳니와 발톱을 벗어나는 길은 '영세중립 통일조국'으로 거듭나는 길밖에 없다.

6자 회담에 목을 매는 사람들이 있다. 지나가던 개도 웃을 일이다. 차라리 고양이에게 생선을 맡기라지. 이 짐승들은 자기들이 허리를 동강 내어 밥상 위에 올려놓은 토끼가 어느 날 갑자기 허리춤을 추스르고 발딱 일어나 손아귀에서 벗어나기를 바라지 않는다. 얄타회담을 떠올려 보라. 이 회담은 우리 나라를 실질적으로 두 동강 낸 제2차 세계대전 전승국들의 '땅따먹기' 놀음판이었다.

이미 이탈리아는 손을 들었고 독일이 무너지기까지 얼마

안 남은 1945년 2월에 소련 땅 크림반도 얄타에 루스벨트, 처칠, 스탈린이 모여 쑥덕공론을 벌인다.

스탈린, "폴란드는 우리와 국경이 맞닿았잖아? 나한테 줘."
처칠이 머리를 굴린다. "그럼 그리스는 우리한테 넘길 거지?"
(앞뒤 사정을 모를 사람들을 위해 잠깐 귀띔하자면 15만 명이 넘는 '자유 폴란드군'은 영국 편에 서서 유럽 전선에서 혁혁한 전공을 세운다. 거기에 견주어 드골이 이끄는 '자유 프랑스군'은 신통찮게 싸웠다. 처칠이 마지막 순간에 등 돌림으로써 폴란드는 속절없이 공산권으로 넘어간다. 그리스 공산당원들은 스탈린을 도와 발칸반도를 붉게 물들이는 데 앞장서 왔다. 그러나 지중해를 마음대로 오가면서 아라비아반도의 석유를 퍼 나를 꿈에 젖어 있던 처칠은 그리스가 공산화되면 오가는 길목에 암초가 생길 것을 걱정한다. 스탈린이 처칠 말에 고개를 끄덕임으로써 그리스 공산당은 파파도풀로스의 군사독재 18년 동안에 그야말로 초토화된다.)
루스벨트, "독일은 네 조각으로 나누자고. 한 조각은 프랑스에 떼 주고 나머지는 우리 셋이 고루 나누지. 공업 시설은 모두 네 나라가 의논해 제 나라로 실어 가고 다시는 이 나라가 힘을 못 쓰게 '목축 국가'로 만들어 버리자고."

처칠과 스탈린, "거참 좋은 생각이구먼." (그러나 미소 간에 냉전이 시작되면서 이 계획은 수정된다.)

루스벨트, "태평양은 우리 '나와바리'잖아. 필리핀, 일본, 대만, 그 밖의 태평양 연안 땅은 다 우리 몫이니까 넘보지 마."

스탈린, "그런데 만주와 조선은 어떻게 할 거야?"

루스벨트, "중국은 장제스(장개석)에게 맡기고 조선은 우리 세 나라가 신탁통치 하지 뭐. 한 40년쯤 말이야."

스탈린, "너무 길어. 그사이에 폭동 일어날걸."

처칠, "급하지 않으니까 두고 보자고."

자, 이쯤에서 한번 정리해 보자. 루스벨트와 트루먼이 걱정했던 대로 마오쩌둥(모택동)이 중국 대륙을 빨갛게 물들이면서 아메리카합중국은 아시아 대륙에 내디딜 발판을 잃었다. 루스벨트가 만주에 진 치고 있다고 믿었던 일백만 관동군이 무서워서 옛날 러시아가 만주에서 누렸던 특권을 다 다시 가지라고 인심을 썼는데도 움쩍도 않던 스탈린이, 나가사키와 히로시마에 원자폭탄이 떨어진 바로 다음다음 날인

1945년 8월 8일에 '대일 선전포고'를 하고 극동 쪽으로 번개같이 짓쳐 내려온다. 미 국방성에서 이 소식을 들은 대령 두 명이 조그마한 세계지도에 있는 조선반도에 허겁지겁 삼팔선을 긋는다. "'코리아'를 잃으면 '자판'이 빨갛게 물든다." "소련군의 진격을 삼십팔도선에서 멈추게 해야 한다." 이렇게 해서 한반도는 분단되었고, 뒤이어 곧 '6·25전쟁'이 터졌다. 잔혹한 짐승들이자 전쟁광들이 이렇게 토끼 꼴을 한, 한 나라 한 민족의 허리를 하루아침에 토막 낸 것이다.

6자 회담? 이 회담이 한반도의 평화를 보장해 준다고? 이런 말에 솔깃해할 얼빠진 놈년들에게 한마디하고 넘어가자. "세계 역사에서 외세에 기대 민족문제를 해결하려 한 어떤 시도도 성공한 적이 없다." '6자'란 무엇인가? '남'과 '북'을 빼면 '미', '일', '중', '러'다. '미'라는 짐승이 북아메리카 원주민인 인디언들을 거의 몰살하고 아프리카에서 노예들을 사냥해 와 허드렛일로 부리면서 몸집을 불리고, 지금 온 세상 군사비를 다 보태도 이 나라 군사비의 발뒤꿈치도 따라잡지 못한다는 것은 너도 알고 나도 안다. 이 짐승이 평화협정을 받아들이고 토끼 허리에 박아 넣은 피 묻은 발톱을 뺀다?

'일'이라는 짐승은 어떤가? 역사 기록을 보면 '세 나라'(고구려, 백제, 신라) 시대부터 걸핏하면 이 땅에 몰려와 바닷가 마을들을 쑥대밭으로 만들고 드디어는 조선반도라는 토끼를 한입에 집어삼켰던 짐승이다. 그리고 현재 다시 고삐가 풀려 으르렁거리면서 날뛰고 있다. '중'이라는 짐승? 이 짐승이 얼마나 사납고 콧등 성할 날이 없이 몇천 년 넘게 둘레에 있는 약한 짐승들을 물어뜯었는지를 토끼는 몸으로 겪어서 알고 있다. '러'와 '미'라는 짐승과 함께 이 땅을 이 꼴로 만들어 놓은 데 앞장선 짐승이다.

이 짐승들이 서로 으르렁대는 틈을 타서 몸을 빼내려면 남과 북 사이에 기가 통해야 한다. 이 '기'는 곧 '말'이다. '말길'이 열려야 한다. '큰소리'가 아니라 '속삭임'이 필요하다. 남과 북이 언제 어디서나 위부터 아래까지 만나서 소곤소곤하고 속닥속닥해야 한다. 이제야말로 호랑이 아가리에서도 벗어나고 용궁에서도 되살아 나온 '토끼의 꾀'가 필요한 때다. 마치 우리가 호랑이라도 된 것처럼 으스대서는 안 된다.

속삭임과 소곤거림의 열쇳말은 '영세중립'과 '통일조국'이어야 한다. 처음에는 귀에 설 것이다. 그러나 곧 이 말이 '우리의 소원'임을 누구나 알게 될 것이다. 통일조국은 조금 늦어도 된다. 그에 앞서 영세중립이 입에서 입으로, 귀에서 귀로 소곤소곤, 속닥속닥 퍼져야 한다. '스위스 방식'이 좋을지, '오스트리아 방식'이 더 나을지, '코스타리카 방식'으로 갈지는 뜻이 모아지는 대로 따르면 된다. 먼저 인터넷을 뒤져 보자. 네이버나 다음이나 구글에 '영세중립'을 입력해 보자. 이 길은 가시밭길이다. 그래서 처음에는 엄두가 안 날 것이다. 그러나 아무도 걷지 못한 길은 아니다. 이미 여러 나라가 저마다 다른 방식으로 이 길을 뚫었다. 우리도 할 수 있다. 남과 북이 마음을 열고 손을 맞잡고 기를 쓰면 된다. 이 길만이 복지와 교육과 의료 예산을 늘리는 길이고, '창조경제'와 '보편복지'에 이어지는 길이고, 우리가 우리끼리 살길이라는 것을 한시도 잊지 말자.

2013. 11

2013년	박근혜 정부 통일정책 톺아보기
2월 25일	제18대 대통령 박근혜 취임. 박근혜 정부 대북정책 기조로 '한반도 신뢰 프로세스' 제시.
3월 11일	한미 연합군사훈련 실시.
4월 8일	북녘이 한미 연합군사훈련에 반발, 개성공단 노동자 철수시키면서 개성공단 가동 중단.
5월 8일	박근혜 대통령 미국 상하원 합동회의 연설에서 '비무장지대 세계평화공원 조성 계획' 발표.
5월 22일	6·15공동선언실천 북측위원회 '6·15공동선언 13돌 남북공동행사' 개최를 남측위원회에 제안. 나흘 뒤 통일부에서 공동행사 불허 입장 밝힘.
7월 6일~25일	6차에 걸쳐 개성공단 남북당국실무회담 열림. (1차 6일, 2차 10일, 3차 15일, 4차 17일, 5차 22일, 6차 25일.)
7월 27일	박근혜 대통령 정전 60주년 기념식에서 '비무장지대 세계평화공원' 제안.
8월 14일	제7차 개성공단 남북당국실무회담 열림. 남북이 5개항 합의서 채택하며 개성공단 정상화에 합의.
9월 16일	개성공단 다시 가동.
10월 18일	박근혜 대통령 유라시아 국제컨퍼런스에서 유라시아를 하나의 대륙으로 만들어 가자는 '유라시아 이니셔티브' 주창. 부산에서 북녘, 러시아, 중국, 중앙아시아, 유럽까지 이어지는 철도, 도로 건설 사업 '실크로드 익스프레스' 제안.
11월 5일	박근혜 정부 통합진보당에 대한 정당해산 심판 청구.

2장

2014년

통일은 수박이다

땅을 '국유화'해라

나는 요즘 들어 세 살배기도 알아들을 수 있고 까막눈인 시골 어르신들도 알아들을 수 있는 말로 이야기를 주고받을 수 있어야 참세상, 좋은 세상, 민주 세상이 온다고 말하고 다닌다. 내 나이 일흔이 가까워서야 이걸 깨쳤으니 너무 더뎌서 '소 잃고 외양간 고치기'라는 말을 들음직도 하다. 내 말버릇이 얼마나 고약했는지, 그리고 아직도 그 버릇을 개 주지 못하고 있는지를 보기를 들어서 이야기하겠다.

억압, 착취, 탐욕, 전쟁, 증오, 이기심은 모두 있는 놈들이 더 많이 가지려고 힘센 나라에서 들여온 몹쓸 것, 몹쓸 짓, 없을 것들이고 없애야 할 것들입니다. 이른바 지배계급은 언어의 폭력을 제도화해서 이데올로기적인 국가 기구들을 만들어 내는데, 이 일에 부림을 받는 이들은 인문학을 앞세우는 지식인들이기 십상입니다. 우리는 이 사람들을 식민지 지식인들이라고 부르는데, 이이들은 열에 아홉이 폭력적인 국가 기구의 앞잡이들입니다. 말로는 민주화를 부르짖어도, 이이들이 입 밖에 내는 말들을 들으면 아니올시다. 세 살배기, 다섯 살배기도 알아들을 수 있는 말로 참과 거짓, 좋음과 나쁨을 가려낼 수 없는 이들이 어떻게 바른 생각을 일깨울 수 있고, 거짓에 맞서 좋은 앞날을 가꿀 올곧은 뜻을 세울 수 있겠습니까?

《철학을 다시 쓴다》(윤구병, 보리, 2013)의 '책머리에'서 옮긴 말이다. 이 책은 '2013년 철학·윤리학·심리학 부문 최우수 교양도서'로 뽑혔다. (뽑은 곳은 문화체육관광부라고 들었다.) 여기에 적힌 말을 어린애들이, 시골 늙은이들이 알아들을 수 있을까? 없다. 시골에 살면서 열다섯 해가 넘게 마을 어르신들에게서 쉬운 말로 이야기 주고받기를 배웠다는 나도 말버릇이 이 꼴인데, 대학 물을 먹은 교양 있는 사람들만 떼거리로 몰려 있는 입법부, 행정부, 사법부 사람들이 주고받는 말 꼴은 오죽하랴.

나는 거의 완벽한 기계치여서 손글씨로 글을 쓰고, 컴맹이고, 에스엔에스(SNS)에도 담을 쌓고 있다. 게다가 내가 몸담고 있던 변산 공동체에는 텔레비전도 없고, 컴퓨터도 구석방에 갇혀 있어 꼭 쓸 일이 있을 때 두세 사람만 그 방에 드나들고, 마흔 명이 넘는 중고등 학생 아이들에게도 손전화를 쓰지 못하게 말려서 신문으로만, 그리고 가끔 들르는 손님들이 물고 온 입소문으로만 바깥소식을 듣는 형편이다. 이러니, 세상이 어떻게 돌아가는지 제때에 알 길이 없다. 그러나 아무리 외진 두메나 외딴섬이라도 차가 들어오고 배가 닿는 곳이면 오롯이 세상일에서 비켜설 수가 없다.

'박근혜 정부'가 수렁에 빠지고 있다는 소식이 들린다. 걱정스럽다. 이 정부는 해야 할 일이 산더미 같은 정부다. 먼저 '이명박 정부'와 그에 앞선 '정부들'이 어질러 놓은 살림의 뒷설거지를 서둘러야 한다. 그 가운데는 4대강도 있고, 핵발전소를 둘러싼 문제도 있고, 자원 외교를 빌미로 저질러 놓은 구린 짓도 있고, 비정규직 문제, 대학 등록금 문제, 잘못된 정책으로 멍들어 온 노동자, 농민 문제들도 있다. 새 정권이 들어서면서 가장 먼저 손보았어야 할 이런 문제들이 어떻게 풀려 나가는지는 새 대통령이 뽑힌 지 한 해가 넘는 오늘까지 너도 모르고 나도 모른다. 들려오는 소문이라고는 국정원, 군 사이버사령부, 경찰 같은 폭력적인 국가 기구가 앞장서고 종합 편성 채널, 케이비에스(KBS), 엠비시(MBC) 같은 이념적인 국가 기구가 덩달아 나서서 대대적으로 불법을 저질러서 18대 대통령 선거에서 어느 한쪽으로 저울추가 기울게 만들었다는 이야기뿐이다. 다 지난 이야기이니 그만 덮자는 말은 이제 누구도 꺼낼 수 없을 만큼 판은 어질러질 대로 어질러졌다. '갈 길은 멀고, 해는 저물고'라는 말이 빈말이 아닌 듯싶다. 그렇다고 손 놓고 있을 수만은 없다. 새 대통령이 '생활 정치'를 앞세우는 분이니, 이참에 우리네 삶의 물길을 돌리는 데에 도움이 될 몇 가지를 '우선 정책 과제'로 수첩에 적어 주십사 부탁드리고 싶다.

'농민'이 살아야 나라가 산다. 하루 세끼 밥상에 먹을 것이 오르지 않으면 너도나도 죽은 목숨이다. 식량 자급이 없는 자주국방은 없다. 그런데 대한민국의 식량 자급률은 25퍼센트에 채 못 미친다.

도시의 일자리는 정규직이든 비정규직이든 점점 빠르게 줄어들고 있다. '일손이 없는 농어촌과 일자리가 없는 도시' 문제를 함께 해결하려면, 지금 도시에서 일자리를 찾지 못하고 앞으로도 그럴 젊은이들을 시골로 이끌어 낼 물길을 뚫어야 하는데, 그러려면 맨 먼저 해야 할 일이 '토지의 국유화'다. 농사짓고, 고기 잡고, 산 살림 하는 데 필요한 땅을 나라에서 죄다 사들여서 손발 놀리고, 몸 놀려서 먹을 것, 입을 것, 잠자리를 마련하는 이들에게 고루 나누어 주어야 한다. 공짜는 아니다. 한 해 거둔 것에서 열에 하나, 아홉에 하나를 내놓게 하면 된다. 농사짓고 싶어도 땅이 없어서, 땅값이 너무 높아서 엄두를 못 내는 사람들이 땅에 발붙이고 살 길이 달리 없다. 허물어진 마을 공동체를 되살리고 문 닫은 시골 학교들 문을 열고 그 안에서 삶에 기쁨을 주는 문화가 꽃피게 하면 도시에 머물라고 붙들어도 농사짓고 살겠다고 뿌리칠 사람들이 줄을 서 있다. (변산 공동체를 보기로 들면 한 해 농사짓는 일을 견딘 사람 가운데 도시로 되돌아간 어른들은 아직까지 가뭄에 콩 나기만큼 드물다.)

다음으로 할 일은 학교에서 학생들에게 보리밥을 먹일 일이다. (10년이 지나도 썩지 않는 외국산 밀가루 음식으로 국민의 건강도 해치고 식량 자급률도 떨어뜨리는 짓은 그만두어야 한다.) 그다음에는 물물교환을 활성화하는 쪽으로 경제정책의 물길을 돌려야 한다. 돈벌이는 되지만 삶에 도움이 안 되는 생산 영역을 줄이고, 살아가는 데 없어서는 안 될 것들을 생산하는 쪽으로 생산의 물길을 돌리면 땀 흘려 일하는 사람들이 대접받는 세상이 오기 마련이다. 대학교수보다 농사짓는 사람이 몇 곱절 더 많은 돈을 벌고, 먹을 것, 입을 것, 잠자리를 마련하는 사람들이 앞장서서 세상을 바꾸어 나가야만 이 나라에 살길이 열린다.

박원순이 서울 시장이 되기 전에 꾸렸던 '아름다운 가게'와 같은 상설 벼룩시장 말고도 삶에 도움이 되는 것들을 서로 주고받으면서 고마움을 느끼는 자리들을 많이 만들고 넓혀서 마침내 시골과 도시가 하나되는 길만이 지속 가능한 미래를 여는 길이다. 머리만 굴려도 살 수 있는 세상은 곧 끝난다. 자연 속에서 열심히 손발 놀리고 몸 놀려서 부지런히 일하는 젊은이들이 보이지 않는 세상에는 미래가 없다.

늙은이 한 사람이 일해서 젊은것들 열 명, 스무 명을 먹여 살리면서도 촌에 사는 이 늙은이들에게는 '정년'도 없다. 어디 그뿐인가. '휴일과 휴게 시간을 주지 않아도 된다', '주 7일을 모두 일하게 할 수 있다', '주 40시간 하루 8시간 근로시간을 지키지 않아도 된다', '연장 근로와 휴일 근로에 대한 가산 수당을 지급하지 않아도 된다', '임산부와 연소자도 휴일에 근로시킬 수 있다', 이런 말도 안 되는 '노동관계 법령'*을 농업인을 위한답시고 '고용노동부'가 앞장서서 책으로 묶어 널리 알리는 이 빌어먹을 세상에서 농민들에게 무슨 희망이 있겠는가.

그러나, 잘 들어라. 농민에게 희망이 없다면 이 나라에도 인류에게도 희망이 없다. 마지막으로 한마디 덧붙이자.

> 농민은 인류의 생명 창고를 그 손에 잡고 있습니다. 우리 조선이 돌연히 상공업 나라로 변하여 하루아침에 농업이 그 자취를 잃어버렸다 하더라도 이 변치 못할 생명 창고의 열쇠는 의연히 지구상 어느 나라의 농민이 잡고 있을 것입니다.

지금부터 87년 전인 1927년에 윤봉길 의사께서 《농민독본》에 쓰신 글이다.

2014. 1

* 고용노동부가 2009년 11월 발간한 〈농업인이 꼭 알아야 할 노동관계법령〉 안내서에는 근로기준법에 있는 농업 쪽 특례 규정들을 다른 업종과 견줘 설명하는 내용이 담겨 있다. 고용노동부 누리집(http://www.moel.go.kr)에서 자료를 내려받을 수 있다.

'조선민주주의인민공화국 만세'

믿거나 말거나. (한 귀로 듣고 한 귀로 흘려도 좋을 이야기.) '온조'와 '백제'는 같은 말이다. 백제는 토박이말로 옮기면 '온제'다. '100'이 '온'이니까. '제'는 어제, 그제 할 때의 '제'와 같다. '온제'는 '오래오래'라는 뜻이다. '만세', '반자이', '롱 리브(더 퀸)', '비바' …… 다 같은 뜻이다. 한 나라의 우두머리에게 오래 살라고 백성들이 바치는 알랑방귀다. '온조'는 '온제'와 같다. (홀소리가, 모음이 하도 정신없이 왔다 갔다 바뀌는 바람에 옛 히브리 사람들이 아예 모음을 빼 버리고 자음으로만 기록을 남긴 까닭은 여기에 있다.) 옛날 백제라는 나라를 세운 우두머리에게 '오래오래 잘 살아요' 하고 외치던 말이 어느새 나라 이름으로 바뀌었다면 허튼소리 하는 건가?

이 나라에 사는 많은 사람들의 무의식 속에 북녘은 '김일성 나라', 남녘은 '박정희 나라'로 못 박혀 있다는 것을 고려하면 '대한민국 만세'를 '박정희 만세'로, '조선민주주의인민공화국 만세'를 '김일성 만세'로 잘못 알아듣는 환청이 생긴다는 걸 이상하게 여길 까닭이 없다. 잠깐, 축구 강국 골문에 공 하나만 차 넣어도 '만세'를 부르는 대한민국은 어떤 나라인가? '자유 민주주의 국가'다. 그런데 모든 국민이 자유를

누리고 있는가?

얼마 전에 〈팩트 티브이〉라는 곳에서 기막히는 꼴을 보았다. 열 살 난 딸을 둔 한 어머니가 제 손으로 삭발을 하면서 '내 딸을 지켜 달라'고 하소연하는 모습이었다. '망치 부인'으로도 알려진 이 어머니의 말에 따르면, 지난 제18대 대선 때 '당신 딸을 납치하고 성폭행한 뒤에 토막 쳐 죽이겠다'는 식으로 에스엔에스에 으름장을 놓은 이른바 '좌익효수'가 국정원 직원들임이 드러났는데도 제대로 된 사법 처리가 안 이루어지고 그 사람들이 대낮에 활보하고 있어서 지금도 온 가족이 문을 세 겹으로 걸어 잠그고 밤낮으로 두려움에 떨고 있다고 한다. 이것이 '현 정부'가 다스리는 대한민국의 실태다. (나는 현 정부를 박근혜 정부라고 못 박지 않겠다. 이 정부가 '다시 이명박' 정부인지, 김기춘 정부인지, 남재준 정부인지, 뒤에 숨은 누구의 정부인지 알 길이 없기 때문이다.)

'자유 민주주의' 이야기가 나왔으니, 평균 대한민국 국민이 누리고 있는 자유가 진짜 자유인지 한번 따져 보자. 여기 장터를 휘젓고 다니는 건달 야바위 노름꾼이 있다. '잘 봤다, 못 봤다…….' 설레발을 늘어놓으면서 꼭 같은 물건을 상표

만 바꾸어 놓고 다른 물건이라고 속인다. 그리고 이걸 고르든 저걸 고르든 당신의 자유라고 떠벌린다. 고르지 않을 자유는 없다. 반드시 어느 하나를 골라야 한다. 결과는 같다. 그래도 고르지 않으면 목에 풀칠할 길이 없다. 조금 더 구체적으로 이야기해야 실감이 나려나.

가까이 있는 편의점에 가 봐라. 빚 얻어 대학 등록금 마련해 졸업을 하고도 일자리가 없어서 밤새 알바생으로 일하는 젊은이들을 볼 수 있다. 일할 뜻도 힘도 있으나 일자리가 없어서 거리를 헤매는 젊은이들이 300만이 넘는다. 겨우 일자리를 얻어 보았댔자 절반이 넘게 비정규직이다. 이런 끔찍한 자유가 미래 세대를 기다리고 있다. 알바생이나 비정규직이나 거기서 거기다. 둘 다 수렁에 빠지기는 마찬가지다. 어쩔 수 없이 그 가운데 어느 하나를 고른다 치자. '네가 자율적으로 그걸 선택했으니 책임은 너한테 있다.'

이게 정답 찾기에 식은땀을 흘리면서 교과서적인 지식으로 중무장한 젊은이들이 거치는 이른바 민주적 절차다. 이것을 철학에서는 '우연의 자유'라고 한다. 자유의지가 막다른 골목에 부딪쳤을 때 무력화되는 '무늬만의 자유'를 일컫는 말이다.

우리에게 가장 가까운 이웃 나라는 어느 나라인가? 중국인가? 일본인가? 러시아인가? 아메리카합중국인가? 모두 아니다.

'대한민국'에 가장 가까운 나라는 '조선민주주의인민공화국'이다. 거리로 따져 서울에서 평양이 서울에서 부산보다 더 가깝고 신의주에서 평양보다 평양에서 서울이 더 가깝다. 대한민국이 잘되기 바라는 마음에서 우리는 사는 데 큰 도움이 안 되는 운동 경기에서 이겼을 때마저 두 손 번쩍 들고 '대한민국 만세'를 부른다. 그러나 아무리 대한민국이 잘살려고 애써도 가까운 이웃 나라가 못살면 그 그늘에서 벗어나기 힘들다. 하물며 그 이웃이 보통 이웃이 아니라 수천 년 동안 한솥밥을 먹었던 한 민족임에랴. 한반도(조선반도)의 남녘이 잘되어야 북녘도 잘되고, 북녘이 평화로워야 남녘도 평화로울 수 있다.

1945년은 해방과 광복의 해가 아니다. 우리 민족을 36년 동안 옥죄던 제국주의 일본을 대신해서 소련 제국주의 세력이 삼팔선 이북을 점령하고, 미국 제국주의가 삼팔선 이남을 점령한, 그래서 한 나라를 두 동강 낸 치욕의 해이다.

우리 민족의 뜻에는 아랑곳없이 무력으로 이 땅에 쳐들어와 제멋대로 이 나라를 남과 북으로 토막 친 이 제국주의자들은 남북으로 갈린 형제들 손에 총을 쥐여 주고 총부리를 맞대라고 부추겼다. 자본주의가 무엇인지, 공산주의가 무엇인지 알 길이 없는 갓 열다섯 살 난 청소년까지 전쟁터로 몰아내어, 한집안에서 형은 '국방군'에 아우는 '의용군'에 끌려나가 서로 죽이고 죽을 수밖에 없었던 것이 6·25전쟁의 실상이다. 얼마나 많은 사람이 애꿎게 죽어 갔던가. 한마을에서 오순도순 평화롭게 살던 이웃이 부모와 형제를 죽인 원수가 되어 얼마나 오랜 세월 동안 가슴에 원한을 품어 왔던가. (참고삼아 말하자면 나는 전쟁이 일어난 지 석 달 만에 열다섯 살밖에 안 된 여섯째 형을 비롯해서 형 여섯을 잃었다. 비극은 거기에 그치지 않고 그 후유증으로 열두 살 때 어머니를 잃고, 형 하나는 스스로 목숨을 끊었다.)

'6·25' 때 여덟 살이었던 내 나이 어느덧 일흔이 넘었는데 아직도 이 땅에는 전쟁의 먹구름이 가시지 않고 있다. '종북'이 무엇인가? '대한민국'과 마찬가지로 '조선민주주의인민공화국'도 어엿이 독립된 국가로서 유엔(UN)의 회원국이다. (한 민족이 둘로 갈라져 딴 나라를 이루는 지구상 마지막 분단국가라는 사실이 가슴 아프지만 현실은 현실로 인정해야 한다.)

정말 '우리의 소원은 통일'이라면 북녘을 국가로 인정하지 않는 종북몰이는 당장 그쳐야 한다. ('좌익효수'라니? 대한민국 헌법에 보장된 사상의 자유, 언론의 자유에까지 재갈을 물리겠다는 말인가? 아니, 그저 재갈을 물리는 것으로만은 성이 안 차서 목을 베어 버리는 물리적인 폭력까지 마다하지 않겠다는 뜻인가? 이런 짓이 대선 기간 동안에 국민의 혈세를 쏟아부어 국정원이 수행했어야 할 정상 업무인가? 끔찍하기 그지없다.)

엄연한 국가를 국가로 인정하지 않고 '이적 단체'로 규정하는 '국가보안법'은 하루빨리 없애야 한다.

'아메리카합중국 만세!', '대일본제국 만세!', '중화인민공화국 만세!', '러시아 인민공화국 만세!'를 부르면 욕을 먹고 손찌검을 당할지언정 손목에 쇠고랑을 찰 걱정은 안 해도 된다. 그런데 왜 '조선민주주의인민공화국 만세!'를 부르면 이적 행위로 몰아 '빨갱이 사냥'을 하는가? 중국은 빨갱이 집단이 아닌가? 러시아는 빨갱이 집단이 아닌가? 왜 어떤 나라 체제는 문제 삼지 않으면서 다른 나라 체제는 문제 삼아야 하는가? 이 나라를 동강 낸 다른 나라들은 '적'이 아니고, 어쩔 수 없이 동강 나서 대리전쟁에 이끌려 든 한 형제만 '적'인가? 북녘에서 민족의 긍지를 높여 주는 장한 일을 했을 땐 '조선민주주의인민공화국 만세!'를 불러 주면 어디 덧나는가? '우리가 남이가'라는 말은 이럴 때 써야 제격 아닌가?

2014. 2

통일은 수박이다

'될성부른 나무는 떡잎부터 알아본다'는 속담이 있다. 씨앗 속에 간직된 앙증스러운 잎이 맨 처음 햇볕을 받으려고 땅 위로 고개를 내민 것이 떡잎이다. 이 두 잎이 마주나서 햇살을 받을 때 거기서부터 그 나무가 잘 자랄 수 있겠는지 없겠는지 점칠 수 있다는 말이다. '싹수가 노랗다'는 말도 있다. 아예 희망이 없다는 말이다.

어느 날 대통령 입에서 함박웃음과 함께 "통일은 대박이에요" 하는 말이 나왔을 때 그 낱말이 좀 거시기하기는 했지만 반가운 마음이 앞섰다. "우리 조국을 자유 민주주의 체제로 통일시키기 위해서 다 같이 죽자"는 연설을 국정원 원장이 직원들에게 하고 난 지 얼마 안 되어 나온 말이어서 뒤끝이 찜찜하기는 했지만.

저 멀리 손에 들고 있는 저 '대박'이 한자리에 둘러앉아 고루 나눌 수박인지 쭈그러진 쪽박인지 아직은 알 길이 없다. 이쯤에서 수박 타령을 한마디 하자.

먼 옛날 '4·19혁명'이 일어나고, 데모대가 '3·15부정선거' 끝에 부통령으로 당선된 지 얼마 안 되는 이기붕의 집을 뒤진 적이 있다. 이승만 대통령의 양자로 들어갔던 이강석이

제 친아버지(이기붕)를 권총으로 쏘아 죽이고 스스로 목숨을 끊은 뒤였다. 그 집에서 수박이 나왔다. 한겨울에도 수박을 길러 내는 하우스 농사도 없었고, 일반 국민은 냉장고가 무엇인지도 모르던 시절이었으니, 철이 지나도 한참 지났으되, 아직 싱싱한 그 수박이 사람들의 눈길을 끌 수밖에. 겨울난 수박이 보통 사람들에게는 부귀영화와 특권의 상징으로 여겨졌겠지. 그래서 그 수박이 신문에 대문짝만하게 실렸겠지.

제철 농사가 사라져 요즘 도시내기들은 아무 때나 수박을 맛볼 수 있다. 그러나 제철에 수박 농사를 짓는 시골뜨기들이 한여름에 먹는 수박과 도시 것들이 아무 때나 청과물 가게에서 골라 드는 수박은 맛부터 다르다. 대통령 손에 들린 '대박'이 철없는, 또는 철 지난 수박일지도 모른다는 걱정이 앞서는 것은 내가 제철 농사만 고집하는 촌 늙은이이기 때문일지도 모르겠다.

한때 6·25전쟁은 '남침'이 아니라 '북침'이라는 말을 했던 사람이 있다. '종북좌파' 입에서 나온 말이 아니다. 대한민국 국군으로 6·25 때 참전했고 나중에 해군 참모총장까지 지냈던 사람이 미국에서 기자들을 모아 놓고 한 말이다. 그럴

만도 했다. 초등학교 1학년 때부터 나는 '우리의 맹세'를 외쳤다. '하나, 우리는 대한민국의 아들딸, 죽음으로써 나라를 지킨다. 둘, 우리는 강철같이 단결하여 공산 침략자를 쳐부수자. 셋, 우리는 백두산 영봉에 태극기 휘날리고 남북통일 완수하자.' 이 맹세는 1949년 7월에 '문교부'가 지시해서 모든 교과서와 그 시절에 출판된 책들에 의무적으로 싣게 한 것이다.

일본 제국주의자들이 조선 인민에게 달달 외도록 한 '황국신민서사'와 빼닮은 이 '우리의 맹세'가 6·25가 터지기 1년 전부터 학교 운동장에 쩡쩡 울려 퍼졌다. 이 말을 한마디로 뭉뚱그린 것이 '우리 조국을 자유 민주주의 체제로 통일시키기 위해서 다 같이 죽자'가 아닌가? 그러니 이승만 머릿속에도, 그 시절에 통일 교육을 받았던 나 같은 늙은이의 머릿속에도 통일이라면 '북진통일'밖에 없는 것은 당연한 일이다. 6·25 전의 국민 의식이 이러했을진대, 전투에 직접 몸담았던 국방군 입에서 6·25 북침설이 나왔으니, 그리고 그것이 일등병이나 이등병으로 싸웠던 사람 말이 아니고 전직 해군 참모총장이 입 밖에 낸 말이니, 어떤 말이 정설인지는 너도 모르고 나도 모른다.

이야기가 잠깐 빗나갔다. 다시 수박 이야기로 되돌아가자. 요즘 도시에서는 수박이 꼭지만 잘린 채 청과물 가게에 알몸으로 나둥그러져 있다. 그러나 시골에서 자라는 수박은 다르다.

까만 씨앗을 봄철에 땅에 묻으면 거기서 떡잎이 나오고, 순이 돋고, 넝쿨이 뻗고, 노란 꽃이 피고, 꽃받침 아래 달린 조그마한 열매가 눈에 띄지 않게 자라, 가만히 앉아 있어도 숨이 턱턱 막히는 불볕더위 속에서 천천히 익어 간다. 온종일 땡볕에서 베적삼이 흠뻑 젖도록 밭을 매다가 다 자란 수박을 손가락 등마디로 톡톡 두드리면 개중에 '나 다 익었소. 따서 드셔도 되오' 하고 속삭이는 놈이 있다. 조심스레 따 안고 두레박에 넣어 우물에 띄워 식히고 난 뒤에 식구 모두 둘러앉아 칼끝만 대도 쩍쩍 갈라지는 놈을 너도 먹고 나도 먹는다. 그때 잇몸에, 혀끝에, 목구멍에 닿는 맛이 수박의 제맛이다. 시골에서 자라는 아이들은 이 맛을 안다.

촌것들이 먹는 수박에는 씨앗에서 다 익을 때까지 수박의 성장 역사가 다 들어 있다. 수박을 먹을 때 시골 아이들은 파란 껍질 속에 담긴 빨간 살 맛만을 즐기는 게 아니다. 그 수박이 싹 트고 자라는 전 과정을 함께 맛본다. 그 수박을 먹으면서 그 수박에 스민 봄철, 여름철도 같이 받아들여 '철이 들고', 그 수박이 어렵사리 난 한 철, 한 철을 곱씹으면서 '철이 난다.' 이렇게 수박이 입에 들어올 때까지 겪어 온 그 긴 기다림과 조바심, 그 수박을 기르기 위해서 흘린 땀과 애씀까지 온몸으로 받아들인다.

땀 흘려 심고 가꾸어도 나날이 올라오는 가라지 뽑고 벌레 잡아 주지 않으면 망치기 쉬운 것이 수박 농사인데, 수박씨가 어떻게 생겼는지, 수박 꽃이 빨간지 노란지, 제대로 익었는지 설익었는지도 모르는 주제에 이제 갓 떡잎 올라오는 수박 밭두렁에서 '우리 모두 와서 수박 잔치 벌여요' 하고 외치면 온 마을 사람들이 넋 나간 여편네로 보기 십상이다.

어느 날 푸른 기와집 앞마당에 깔아 놓은 멍석 한가운데 수박 비스름한 것이 놓여 있다고 치자. 그걸 기르고 가꾸는 데 손 하나 까딱하지 않은 잡것들이 우르르 몰려들어 저마다 선무당 칼춤 추는 데 쓰는 칼로 푹 찔렀을 때 거기에서 나오는 것이 흥부네 제비가 물어다 준 씨앗에서 자란 박에서 나온 금은보화일지 놀부가 제비 다리 부러뜨려 억지로 얻어 낸 박에서 쏟아진 저승사자 똥물일지 어찌 알겠는가. '통일'이 '대박'이 되려면 그놈의 박이 호박인지, 수박인지, 뒤웅박인지, 깨진 쪽박인지라도 가려볼 눈이 있어야 할 게 아닌가.

나라 안팎을 나대면서 '통일 대박'을 입으로만 터뜨린다고 해서, 어느 날 뜬금없이 '부랄타 너조타' 주문을 읊는다 해서 '통일' 띠를 두른 삼돌이가 '부르실 때까지 기다리고 있었습니다요. 무슨 일이든지 분부만 있으면 알아서 받들어 모시겠습니다요, 공주님' 하고 호리병에서 나타나 머리 조아릴 것도 아니고……. 감나무 아래 입 벌리고 누워 익은 감 떨어지기 기다리는 철딱서니 없는 꼴이라니, 쯧쯧.

제철 음식 못 먹어서 철들지도 철나지도 못한 철없는 것들이 이승만 식, '북진통일'을 또다시 들먹이면서 멀쩡한 사람 간첩 만들기에 바쁜 시절에 '통일부'는 뒷전에 제쳐 놓고 따로 '통일 위원회' 비슷한 것을 꾸리려는 속셈은 무얼까? 혹시 '통일 대박몰이'로, 지난번 헛공약에 속아 우르르 몰표를 던진 사람들의 돌린 등을 되돌이켜 또 표를 얻겠다는 꼼수가 아닐까?

이러다 잘못하면 60년 전에 '통일의 제단'에 바쳐진 300만이 넘는 원혼들로도 모자라 북침인지 남침인지 모를 전쟁이 다시금 일어나 그 열 곱인 3000만이 바쳐지지나 않을까?

'우리의 소망은 통일'인데, 그 통일은 '남누리'와 '북누리'가 두 떡잎 마주나듯이 만나야('만나다'는 '맞나다'와 말뿌리가 같다) 이루어질 수 있겠는데, 사나운 짐승들 사방에서 입 벌리고 잡아먹으려 드는 마당에 '박타령' 그만두고 귀농해서 호미 들고 다소곳이 엎드려 수박 농사나 지으셨으면.

2014. 4

대통령의 입을 조금만 더 지켜보자

'세월호 사건'의 원인에 대한 정부 발표를 곧이곧대로 믿지 않는 사람들이 있고, 날이 갈수록 그 수가 늘고 있다. 문득 '천안함 사태'가 머리에 스친다. 이명박 정부는 여러 까닭을 들먹이면서 '천안함 폭침설'을 내세웠다. '북'이 '상어형 잠수함'으로 '어뢰'를 쏘아 천안함을 두 동강 냈다는 것이었다. 북녘은 말도 안 되는 소리라고 펄쩍 뛰었고, 신상철(전 '천안함 민군합동조사단' 조사위원)은 정부 발표와는 달리 '좌초설'을 내세웠다. 이종인(알파잠수기술공사 대표)도 이 좌초설을 거들었다. (신상철을 피고로 하는 이 사건에 대한 재판*은 웬일인지 끝나지 않고 아직까지 진행되고 있다. 혹시나 이종인의 '다이빙벨'을 서둘러 받아들이지 않은 데에는 천안함과 연루되어서가 아닐까.)

세월호가 기울어지기 전에 선체 안에서 '쾅' 소리를 들었다는 사람들이 있다. (화물이 한쪽으로 쏠리면서 낸 소리였다고 하는 의견이 뒤따랐다. 글쎄다.) 선체가 기울기 시작하면서 한 시간 반이 넘게 갇힌 상태에서 아이들은 구조를 기다렸다. 그사이에 선실 안에 있는 아이들을 구조하려는 어떤 노력도 없었다. 없었을 뿐 아니라 방송과 신문을 통해서 "세월호 탑

승자 전원 구조", "단원고 학생 모두 무사"가 온 국민의 눈을 가리고 귀를 막았다. (대통령도 국민의 한 사람이었으므로 이 말을 믿을 수밖에 없었으리라.)

이 거짓 정보는 어디에서 나왔을까? 어떻게 해서 거의 모든 방송과 일간지가 이 정보에 속을 수 있었을까? 신문 방송에 이 거짓 정보를 흘린 사람이나 단체를 찾아야 한다. '일급 살인자'로 수배해야 한다. 그다음에 그런 허위 정보를 퍼뜨려서 인명 구제의 황금 같은 일 초 일 초를 낭비하게 하고 구조의 손길을 가로막은 '언론'들을 '이급 살인자'로 단죄해야 한다.

무슨 정보를 어떻게 따로 들은 바 있었는지 맨 먼저 배에서 빠져나온 기관실 사람들, 조타수, 항해사, 선장…… 들은 도덕적 책임을 물을 수 있으나 '일급 살인자'들은 아니다. 이들은 기껏해야 '삼급 살인자'들일 뿐이다. (잠깐, '일급 살인자' 가운데 빠뜨린 사람이 있다. 선실에 갇혀 있던 탑승자들에게 배가 다 가라앉을 때까지 제자리에 가만있으라고 거듭 안내 방송을 되풀이한 '그놈 목소리', 또는 '그년 목소리'다.)

그사이에 그 해역 가까이 있었다던 대한민국 '해군'이 한

일은 무엇이었을까? '해군'은 인명 구조는 해군의 역할이 아니라고 발뺌했다는 이야기를 들었다. '해경' 관할이라는 것이다.

그나마 해경은 헬리콥터 두 대와 구명보트 하나를 띄웠다. (나중에야 그 장비가 해경이 인명 구조를 위해 기껏 갖추고 있는 장비 모두였다는 말이 나왔다.) 그 장비로 해경은 미리 빠져나온 '선원'들을 모두 무사히 '모셨고', 선실 밖으로 나와 바다에 몸을 던졌던 사람들 가운데 해경이 헬리콥터와 구명정으로 실어 올린 사람들을 뺀 많은 사람들은 고기잡이배들이 건져 올렸다 한다. 구조 현장에 '해군 함정'들은 보이지 않았다 한다. 어디에서 무엇을 하고 있었을까. 하기야 해군에게 인명 구조의 책임은 없다. 해군의 임무는 인명 살상, 더 정확히 말하면 적군을 잡아 죽이는 일이다. 비록 그 시간에 해군의 훈련이 있었다손 치더라도 해군은 훈련 목표에 따라 움직여야 했을 뿐 민간인 구제는 눈 밖의 일이었을 것이다.

이것도 들은 이야기지만 해군이 세월호에 접근해서 줄 하나 매단 공은 있다 한다. 물속을 안방 드나들듯이 자유롭게 누비도록 훈련받은 해군의 특수요원들은 왜 줄 하나 달랑

내리는 것을 끝으로 세월호 언저리에서 모두 철수했을까. 혹시 그 사람들의 목적은 '쿵' 소리와 연관된 선체의 이상 여부를 살피는 것이 아니었을까.

대통령의 헝클어진 머릿속에 줄가리를 세워 주는 몫은 누가 맡고 있을까. 대통령의 입에서 '국가 개조'라는 말이 나왔다. 무서운 말이다. 그 아버지는 '국가 재건'을 위해서 18년 동안 헌신했다. 그사이에 아내도 잃었고, 마침내 국가 재건의 재단에 제 몸까지 바쳤다. '민주주의의 회생을 위해 독재의 심장에 총을 쏘았다'는 것이 그이가 가장 믿었던 중앙정보부장이 남긴 말이었다.

아버지가 온갖 반대를 무릅쓰고 이루어 내려던 국가 재건보다 훨씬 더 어려울 국가 개조를 딸은 고작 3년 남짓밖에 남지 않은 재임 기간에 어떻게 이루어 내려고 할까. 세월호 선장을 '일급 살인자'의 덜미를 씌워 목 자르고, 정부의 모든 부처에 똬리 튼 '관피아'들을 싹쓸이한다고 국가 개조가 이루어질까. 설마 그럴 일이야 없겠지만, '북녘'과 '종북좌파'의 도발을 빌미 삼아 '위수령'을 선포하고, '계엄정국'을 조성한다고 해서, 국가 개조를 이룰 수 있을까.

언제 어떻게 죽어도 자연사인 나이에 접어든 늙은이로서 대통령을 다독일 말은 이 말밖에 없다.

"토끼 꼴을 닮은 이 나라를 동강 내고, 형제끼리 총부리를 겨누게 만든 데 저마다 한몫을 한 저 무서운 짐승들을 믿지 마시오. 미국이든 일본이든 중국이든 러시아든 저들은 틈만 나면 이 나라를 통째로 홀라당 집어삼키려 드는 맹수들이오. '친미'도 좋고, '친일'도 좋소. '친중'도, '친러'도 좋소. 그러나 사람을 가리시오. 오바마나 아베나 시진핑이나 푸틴이나 그놈이 그놈이오. 제 나라 살리기를 앞세워 다른 나라 사람들을 떼죽음시키더라도 눈 하나 깜빡하지 않을 '전쟁광'들이라는 의심이 드오. 타고난 전쟁광들은 아닐 것이오. 그 자리에 오르면 권력에 눈이 멀어 그렇게 바뀌는 것이오. 미국에도 일본에도 러시아에도 중국에도 평화를 사랑하는 사람들이 많소. 그 사람들과 가까워질 길을 찾으시오. 그런 친미, 친일, 친중, 친러라면 발 벗고 나서시오. 이미 한 말이 있지 않소? 비무장지대에 '세계평화공원'을 만들어 그곳에서 남누리 북누리 젊은이들이 오순도순 사는 모습을 보고 싶다고. 거기에 덧붙여 '통일은 대박'이라고도 하지 않았소? 아주 좋은 말을 하셨소. 문제는 실천에 옮기는 일인데, 미·일·중·러를 대표하는 사나운 짐승들 가운데 어느 놈도 한반도의 평화와 통일을 바라는 놈은 없소. 남의 안마당을 차지하고 앉아 해마다 달마다 날마다 전쟁놀음을 벌이고, 걸핏하면 그 탓을 북녘과 남녘에 돌려 형제 사이를 이간질하는 저 무서운 짐승들 송곳니에서 벗어나려면 '중립'을 내세우는 수밖에 없소. 경제에서는 이미 중립을 내세워서 성공하고 있지 않소? 이제 한걸음 성큼 더 내디뎌 '정치 중립'을 내세우는 것이오. '영세중립, 평화통일'의 길이 그 길이오. 당장 비무장지대에 평화공원을 만들겠다는 구상을 더 넓혀서 '한반도의 비무장지대화', '조선반도의 세계평화공원화'를 김정은 북녘 국방위원회 제1위원장과 함께 외치시오. 이 길만이 참된 국가 개조의 길이오."

이 나라는 몹쓸 나라라고, 안심하고 살 길이 없는 나라라고, 해외로 이민 가겠다는 사람들이 늘고 있다. 세월호 참사를 겪은 부모들의 입에서 이 말이 나오고 있다. 지난 50년 동안 대대로 물려받아 온 깨끗한 땅, 깨끗한 물, 깨끗한 공기다 말아먹고도 모자라 꽃도 피워 보지 못한 자식들까지 물 먹여 죽이는 이 땅에 무슨 희망이 있겠는가. 그래도 잠깐 기다려 보자. 대통령의 입에서 어떤 말이 나올지, 그 말이 어떻게 실천에 옮겨질 것인지 조금만 더 지켜보자. 제 입으로 한 말조차 지키지 못하는 대통령을 대통령으로 끝까지 모실지 말지는 그다음에 따져도 늦지 않다.

2014. 5

* 정부가 천안함 침몰 원인을 조작했다고 주장한 신상철은 2010년 8월 명예훼손 혐의로 기소됐다. 법정 공방 끝에 2016년 1월 1심에서 징역 8개월, 집행유예 2년의 유죄 판결을 받았다.

슬픈 눈에 너그러움을 담으시오
- 박근혜 대통령에게

온 나라에 슬픔이 가득하다. 세월호 참사의 가위눌림이 풀리지 않고 있는 데다 남녘과 북녘 사이가 꼬이기만 하고 있기 때문이다. 이제 '대한민국'과 '조선민주주의인민공화국'은 서로 어깃장 놓고 삿대질하기를 그만두고 함께 손잡고 같이 살길을 찾아야 한다. 그러려면 서로 자비로워져야 한다. 자비의 뒷글자 '비'는 슬플 비(悲) 자다. 이 글자를 눈여겨보라. 아닐 비(非) 자 아래 마음 심(心) 자가 놓여 있다. 아니라고, 아니라고 고개를 저으면서도 가시 돋친 사람들을 끌어안는 마음가짐이 바로 슬픔이다. (슬픔의 말뿌리는 싫음에 닿아 있다.) 이 슬픔을 나누는 것이 자비의 첫걸음이다.

'자'(慈)란 무엇인가. 이 한자를 따로따로 떼어 놓고 보면 '현현심'(玄玄心)이 된다. '현'은 하늘을 나타낸다. 천자문 첫머리에 나오는 천지현황(天地玄黃)은 하늘 천 따 지, 검을 현 누르 황, 다시 말해서 하늘은 검이고 따(땅)는 누리라는 말이다. '현현심'은 하늘의 마음이자 마음의 하늘이다. 하늘같이 너른 마음으로 아니라고 앵돌아지는 마음을 달래는 것이 자비심이다.

나는 박근혜 대통령에게도 김정은 북녘 국방위원회 제1위원장에게도 이 민족에게 자비를 베풀라고 빌고 싶다. 쓴소리는 귀에 거슬리기 마련이나. 받아들일 마음이 없는 사람에게 충고는 비난으로 들린다. 그래도 지금은 박근혜도 김정은도 쓴소리를 귀담아들어야 할 때다.

손호철 교수가 어느 신문에 총리를 새로 뽑을 생각 거두고 차라리 정홍원을 주저앉히라는 쓴소리를 했다. 따로 생각이 있었는지, 그 말을 그럴싸하게 여겼는지 모르겠으되 대통령은 정홍원 총리의 사표를 끝내 반려했다. (헌정 사상 처음 있는 일이라고 한다.) 정 총리의 사표 수리는 세월호 침몰의 책임을 물어 국가 개조를 앞세우면서 단행했던 일이어서 여도 야도, 심지어 극우세력까지도 혀를 찼다. '안대희도 안 된다, 문창극도 안 된다, 나더러 어쩌란 말이냐', 언론 탓이고 국회 탓이라고 탓을 돌림 직하기도 하다. 그러나 이것은 남의 탓으로 돌릴 일이 아니다. 취임 뒤로 대통령의 지지율이 40퍼센트 초반으로 곤두박질하고 잘못하고 있다는 말이 잘하고 있다는 말보다 더 많았던 시점에서 벌어진 일이니, 국가 개조도 관피아 척결도 물 건너갔다는 뒷말이 나옴 직하다.

박근혜 정부가 이 위기를 벗어날 길은 하나뿐이다. 이미 이야기했던 대로 북녘의 '김정은 국방위원회 제1위원장'을 만나 한반도의 비무장지대화, 조선반도의 세계평화공원화에 뜻을 모으는 수밖에 없다.

새로 당선된 새누리당 원희룡 제주도지사와 남경필 경기도지사가 새정치민주연합과 지방자치단체 차원에서 연립을 모색하는 모습을 눈여겨보아야 한다. 그렇게 하지 않고는 지역 살림을 제대로 꾸리기 힘들겠다고 여겨서 하는 고육지책이 아니겠는가. 이를 본받아 박근혜 정부가 새정치민주연합과 연립정부를 세울 길이 있을까. 그러기 힘들 것이다. 노무현 전 대통령이 영남과 호남의 지역감정 해소와 국론 통일을 내세워 당시 박근혜 한나라당 대표에게 연립정부를 수립할 뜻을 비추었을 때 박근혜 현 대통령이 매몰차게 뿌리친 전력이 있기 때문이다.

그뿐만이 아니다. 새정치민주연합에 몸담거나 우호적인 사람마저 종북좌파로 몰아치는 사람들이 아직도 청와대와 새누리당 당사에 두터운 벽을 쌓고 있다. 그러니 에둘러 갈 수밖에 없다. '국민의 마음을 사지 못하면 아무리 좋은 정책

이라도 뿌리내릴 길이 없다'는 말은 대통령도 귀에 더께가 앉을 만큼 여러 차례 들었을 것이다.

남녘과 북녘이 통일을 대비하여 먼저 평화공존의 디딤돌을 놓아야 하는데 야당과 함께 실마리를 풀 길이 막혀 있으니, 이참에 '조선민주주의인민공화국'과 통 큰 거래(빅딜)를 해야 한다. 세월호 침몰은 이미 이명박 정부 때부터 예정되어 있었다고 보지 않았는가. 그래서 관피아 척결과 국가 개조를 내세우지 않았던가. 더 이상 우물쭈물 머뭇대다가는 언제 '대한민국호'가 덩달아 침몰할지 모른다.

김일성 주석과 박정희 대통령 사이의 '7·4남북공동성명'은 비록 남녘에서는 유신 선포로, 북녘에서는 핵무기 개발로 빛이 바래고, 그 뒤로 역대 정권이 가닥을 잘못 풀어 진의가 의심받기는 했으나 아직도 이 나라 이 민족이 살길이 어디 있는지를 가리키는 나침반 노릇을 하고 있다. 그 나침반이 가리키는 대로 김대중과 노무현 전 대통령은 북녘을 찾아가 김정일을 만났고 그 뒤로 개성공단이 만들어지고 금강산으로 가는 길이 열렸다. 러시아로 나라 이름이 바뀌기 전에 '빨갱이 나라' 소련과 외교의 물꼬를 튼 사람은 김대중도 노무현도 아닌 노태우 전 대통령이었다. (지금까지도 종북좌파의 덤터기를 쓰고 있는 김대중이나 노무현 전 대통령이었다면 그런 통 큰 거래가 쉽지 않았으리라.)

머지않아 고철로 바뀔 값비싼 최신 무기를 미국에서 마구 사들여 국방을 튼튼히 하는 길보다 더 좋은 길이 있다. 또 한반도 남과 북을 잇는 가스관을 묻어 러시아에서 생산되는 값싼 가스를 시베리아를 통해서 들여오는 것이, 언제 터질지 모르는 고물 원자로를 무리하게 돌리고, 몸에 해로운 전자파의 위험을 무릅쓰고 밀양 같은 데에 송전탑을 세우는 것보다 훨씬 더 국민의 삶에 보탬이 되는 길이다.

이 땅에서 다시 전쟁이 일어나는 것은 이번에 시진핑을 대한민국에 보낸 '빨갱이 나라' 중화인민공화국도, 남의 땅인 이라크와 아프가니스탄에 쳐들어갔다가 나랏돈은 나랏돈대로 거덜 내고, 애꿎은 젊은이들을 무더기로 죽이면서도 10년이 넘게 수렁에 빠져 있는 아메리카합중국도 바라지 않을 것이다. (그것을 바랄 사람은 나라 안팎의 전쟁광들과 무기 상인들밖에 없다.)

이 땅에서 전쟁이 일어나면 미국도 중국도 발 뺄 길이 없다. 자칫하면 그 불길이 세계대전으로 번질 수 있다. 그러니 이 기회에 영세중립 평화통일의 밑그림을 남과 북이 뜻을 모아 함께 그려 가야 한다.

나는 박근혜 대통령이 평화를 사랑한 대통령으로 국민과 인민의 기억에 남기 바란다. 그러려면 지금 바로 나서야 한다. 전에 노태우 대통령이 그랬던 것처럼 이른바 '보수세력'의 전폭적인 지지를 등에 업고 있는 박근혜 대통령만이 이 일을 추스를 수 있다.

전교조 같은 교사 단체를 법 밖으로 내칠 마음일랑 접고 자비롭게 북녘에 손길을 내밀어야 한다. 그리고 북녘에서도 자비롭게 그 손을 맞잡아야 한다. 당장에 수뇌들이 한자리에 앉을 수는 없을 것이다. 물밑 작업이 앞서야 하는데, 박 대통령이 야당에 몸담고 있던 시절에 북녘에 가서 김정일 국방위원장과 만났던 일을 본보기 삼아 이번에는 야권 인사를 특사로 보내는 것이 바람직하다. 지난날 북녘을 오가면서 서로 믿음을 쌓은 사람 가운데 한 분을 보내는 것도 고려해 봄직하다. (통일부 장관을 지낸, 정동영이나 정세현이나 임동원 같은 분도 그런 일을 감당하기에 손색이 없는 분 아니던가.)

물론 나라 안팎의 극우세력들로부터 욕을 바가지로 먹을 수 있고, 온갖 방해를 다 받을 수도 있다. 그러나 이보다 훨씬 더 나쁜 환경에서 마뜩잖아하는 미국의 압력까지 꿋꿋이 견디며 '7·4남북공동성명'을 이끌어 냈던 아버지의 뜻을 이어받아야 한다. 7·4남북공동성명이 라디오와 텔레비전을 통해서 온 나라 구석구석에 퍼져나갔을 때 남과 북을 가리지 않고 온 민족이 한마음으로 환호와 갈채를 보냈던 일을 상기하기 바란다.

지금이야말로 '자주·평화·민족'의 이름으로 이 일을 추진하기에 가장 알맞은 때다. 슬픔(悲)을 추스르며 하늘같이 너그러운 마음(慈)으로 민족의 미래를 보라. 세상 소리를 눈여겨보라. 바로 이런 뜻이 대자대비관세음(大慈大悲觀世音)보살이라는 염불 속에 고스란히 녹아 있다.

2014. 7

늦어서 미안하다

청와대는 세월호 참사 원인에 대한 세 가지 자료를 가지고 있다. 첫째, 국민을 속이기 위한 자료. 둘째, 유가족을 속이기 위한 자료. 셋째, 자신을 속이기 위한 자료.

이 자료들은 오로지 통치자를 보호하려는 목적에서 작성되었다. 그 어느 것에도 진실은 담겨 있지 않다. 거짓 자료에 둘러싸인 최고 통치자는 날이 갈수록 판단력이 흐려지고 있다. 이 세 자료가 지니고 있는 공통점이 있다. 하나, 있는 것을 없다고 하고, 없는 것을 있다고 한다. 둘, 인 것을 아니라고 하고, 아닌 것을 이라고 한다.

국민도, 유가족도, 자신도 바보로 만드는 이 멍청이 짓을 정부 여당이 거들고, 경찰, 검찰, 국정원이 부추기고, 야당이 들러리 선다.

꿈에 어느 죽은 시인이 울부짖는 소리를 들었다. 가위눌린 꿈이었다.

먹이고 입히고 재우는 게 일인데 / 곡식 심어 가꾸고 실 자아 베 짜고 / 땅 다져 집 짓는 게 일인데 / 저 높은 곳에서 떵떵거리는 것들은 / 머리 굴려 사람 굶기고 벌거벗기고 / 안 재우는 게 일이 되어 버렸다. // 한두 놈 잘살자고 / 스물, 서른 떼거지 만드는 게 / 일이 되어 버렸다. / 가두고, 무릎 꺾고 복 조르는 게 / 일이 되어 버렸다. // 서비스 산업이라는 이름으로 / 힘센 나라에서 온 돈밖에 모르는 것들 / 궁둥이 닦아 주고 가랭이 벌려 줄 아이들 / 무더기로 키워 내서 / 연지 찍고 분 바르고 굽신대게 하는 게 / '국가 정책', '경제 살리기'의 / 깃발이 되어 버렸다. // 국가 폭력이 '공권력'의 이름으로 / 온 나라 구석구석 / 경찰, 검찰, 군대, 국정원 개들 풀어 / 앰한 사람 가두고 쫓고 죽이고 / 시체까지 바꿔치는 게 일이 되어 버렸다. // 통치자의 직무 태만과 근무지 이탈이 / '사생활'로 둔갑하고 / '국가 안전'은 / 허수아비 총리 몫으로 돌아갔다. / 아이들이 선실 안에서 / 떼로 엉켜 죽어 가는데 / '전원 구출'이 국영방송을 타고 / 온 나라에 울려 퍼졌다. // 속이고 속이고 또 속이는 / 너 죽고 나 살자는 잔꾀만 / 머리에 가득한 이 밥버러지들 / 온 국민을 수장시키고도 / '교통사고'라고 주둥이 놀릴 것들. // 우리가 남이가. / 그래, 너와 나는 남이다. / 우리는 남이다. / 갈라서자, 갈라서자. / 깨끗이 갈라서자. // 낫 들고 일어서자. 삽 들고 일어서자. / 호미와 괭이 들고 일어서자. / 망치 들고, 시멘

트 포대 들고 일어서자. / 바늘 들고 가위 들고 일어서자. // 먹이고 입히고 재우는 일 뒷전이고 / 주리고 헐벗고 잘 곳 없어 / 헤매는 이들 아랑곳없이 / 돈만 되면 최루탄도 유해 식품도 대량살상무기도 / 만들고 만들고 또 만들어 내도 / 좋고, 좋고, 다 좋다는 이것들. // 몰아내자, 쓸어 내자, 잘라 내자. / 돈독 올라 / 눈에 뵈는 게 없는 것들 / 권력 맛에 혓바닥 갈라져 / 똥, 된장 가리지 못하는 것들 / 이것들과 등 돌리지 않으면 / 손발 놀리고 몸 놀려 일하는 / 우리 모두 살길이 없다. / 오갈 데가 없다. / 일어서자, 일어서자, 일어서자.

죽은 시인이 꿈에 나타나 피 토하며 울부짖는데도 나는 일어서지 못했다. 갈라서지도, 등 돌리지도 못했다. 가위가 눌려 식은땀만 흘렸다.

남영동에서 김근태가 겪었던 '짐승의 시간'이 떠올랐다. 유신과 독재의 악몽이 기억 속에 되살아나 이불을 머리끝까지 뒤집어쓴 채 날 밝기만을 기다렸다. 대문 박차고 계단으로 떼 지어 올라오는 개들의 모습이 떠올랐다. 이근안이 오기도 전에 내 온몸의 관절은 이미 뽑혀 있었다. 옴짝달싹도

할 수 없었다. 날은 아직 밝지 않았다. 팽목항에서 건너 보이는 맹골수도의 뻘물처럼 짙고, 세월호 선실에 갇혀 아식 돌아오지 못한 아이들과 그 아이들을 가슴에 묻고 지금 이 순간에도 곡기를 끊고 있는 아비 어미의 메아리 없는 외침처럼 깜깜한 절망의 밤이 이어지고 있었다.

왜 이 나라 꼴이 이 꼴이 되었는가. 요즈음 나와 '불한당'(불경을 한글로 푸는 모임)에 몸담고 있는 도법스님이 까칠하게 말마디를 잘랐다.

"당신 탓이지. 일흔 넘은 늙은이들이 저지른 업보를 뒤에 태어난 사람들이 받고 있는 거야."

"어떻게 해야 하지?"

"어떻게 하긴. 나는 절에 들어가 천 일 동안 엎드려 절해서 살풀이할 테니까 당신은 죄 없이 총 맞고 칼 맞아 죽은 사람들 넋들이 떠돌고 있는 데 싸돌아다니면서 싹싹 빌어. 잘못했다고. 그래도 아마 용서받지 못할걸."

(속으로) '그 중놈 주둥이 하나 사납네.'

내가 길 떠날 마음을 먹은 뒷배경은 이렇다. 친절도 하셔라. 도법이 구시렁구시렁 몇 마디 더 보탰다.

"혼자 삼년상 치르라는 거 아녀. 한 늙은이가 하루 상 치르고 나면 또 한 늙은이가 뒤이어 하루 상 치르고. 이렇게 늙은이 천 명만 뜻을 내면 삼 년 동안 젖값 치를 수 있어."

"어버이 연합 늙은이들도 함께 가자고 할까?"

"그것도 좋은 생각이여."

뒤늦게나마 팽목항에 가려고 한다. 가서 유족들에게 엎드려 잘못했다고 빌려고 한다. 온 나라 아이들에게 '정답'은 하나밖에 없다고 가르친 죄, 그것이 '바른 답'이 아니라 '정해진 답'이라고 솔직히 털어놓지 못한 죄, 교과서를 성경이나 불경이나 코란보다 더 권위 있다고 떠받들게 한 죄, 그 교과서를 털끝만큼도 비판 의식 없이 받아들이게 한 죄, 창조적인 재해석을 불가능하게 한 죄, 교과서에서 나오는 시험의 정답은 교육부가, 교사가, 어른들이 정하는 것이므로 그 정답을 추호도 의심해서는 안 된다고 을러댄 죄, 그 정답을 고스란히 맞히지 못하면 좋은 대학에 못 가고, 좋은 대학을 못 나오면 좋은 직장 못 얻고, 좋은 직장 못 얻으면 좋은 신랑 좋은 신부 맞아서 알콩달콩 살 수 없다고 속인 죄, 그런 교육을 받은 단원고 학생들이 배가 기울어 물속에 잠겨 가는

데도 선실 안에서 기다리라는 말을 정답으로 믿고 얌전하게 자리를 지키다가 죽음에 이르게 한 죄.

내가 저지른 죄가 어디 그뿐이랴. 지난 50년 동안 조상들로부터 대대로 물려받은 깨끗한 땅, 맑은 물, 맑은 공기를 깡그리 더럽혀 놓고 근대화의 이름으로, 성장의 이름으로, 새마을운동의 이름으로, 바르게 살기 운동으로, 정의 사회 이름으로, 경제 살리기 이름으로, 온 나라를 쑥대밭으로 만들고 강이란 강은 죄다 썩어 가게 방치한 죄, 한술 더 떠서 그것만이 살길이라고, 온 국민이 행복해지는 길이라고 발맞추는 데 한몫 거든 죄, 국민소득 지수가 곧 행복 지수라고 떠드는 연놈들 입에 자물쇠를 채우지 못한 죄, 사람들을 먹이고 입히고 재우려고 부지런히 몸 놀리고 손발 놀려도 살길이 없어서 곡식과 남새가 자라는 땅을 갈아엎고, 타워크레인과 공장 굴뚝에 올라가 목 놓아 외치는 사람들 곁을 지켜 주지 못한 죄…….

나를 비롯해 일흔 넘은 늙은이들이 저지른 죄는 이루 헤아릴 수 없다.

이 죄는 하루이틀에 갚을 수 있는 죄가 아니다. 먼저 내 잘못으로, 어른들 잘못으로 속절없이 죽어 간 어린 넋들에게라도 용서를 빌어야 하겠다. 이제 더는 속이지 않아야겠다. 속죄의 삼년상을 치르고도 갚지 못한 죄는 몸을 불살라서라도 갚아야겠다.

이 글이 신문에 나는 날, 나는 삭발하고 팽목항에 가 있을 것이다. 늦어서 미안하다.

2014. 9

너도 모르고 나도 모르는 야바위놀음

대한민국 군대는 썩을 대로 썩었다. 웃대가리부터 썩어 들어가 아래까지 차례차례 썩은 감자가 되고 있다. 이들은 평화의 적이다. 전쟁 일으킬 궁리, 쿠데타로 나라 뒤집을 궁리, 군 통수권을 통수권자인 대통령에게 돌려줄 생각은 않고 아메리카합중국의 한미연합사령관이라는 따까리한테 무작정 떠안길 궁리만 한다.

남녘과 북녘 사이에 사소한 충돌만 일어나도 합참의장이라는 사람은 시간 단위로, 때로는 분 단위로 이 나라 대통령이 아니라 미국 따까리한테 보고를 하고 '어떻게 할깝쇼?' 물어야 한다. 오죽하면 미국의 군대 서열로 따지면 까마득히 아래쪽에 쪼그리고 앉은 이 따까리마저 '뭐 이런 군대가 다 있어' 하고 짜증을 부릴까. 이 인간들 머릿속에 '자주국방'은 아예 없다. 비굴하기 짝이 없다. 박정희 시대도 이러지는 않았다. 국민 세금 7조 4000억 원을 아직 생산도 안 된 F35A라는 '종이 비행기' 값으로 갖다 바치는 계약을 맺어 놓고도 부끄러운 줄도 모른다.

이들이 아메리카합중국의 군피아들에게 '잡숴 줍쇼' 하고 들이미는 7조 4000억이라는 돈은 자그마치 이 땅의 무의탁

노인네 100만 명에게 다달이 20만 원씩 3년 넘게 나누어 줄 수 있는 액수다. 이 비행기들을 들여와서 어디에 쓸까? 명목은 '북한의 도발'을 막기 위해 쓴다. 참 그럴듯하다. 그런데 대통령은 아셈(ASEM) 회의장에 가서 '한반도의 평화통일'을 거들어 달라고 여러 나라 정상들에게 하소연하고 있다. 이쯤 되면 '개콘'치고도 밑바닥을 치는 '새까만 우스갯거리'(블랙 코미디)다. 미국의 따까리 장군에게 '전시작전통제 권한'(전작권)을 통째로 맡겨 놓고 군의 통수권마저 넘겨주어, 손에 쥔 권한이라고는 '똥별'을 달아 주는 이른바 '인사권'이라는 것만 남아 있는 터에, 그리고 중국까지 겨냥하는 최첨단 무기들을 마구마구 사들이면서 평화를 노래한다?

이러니 대한민국에서 전쟁광들이 제 세상 만났다고 날뛸 수밖에. 그리고 여당이니 야당에 몸담고 있는 국회의원이라는 자들이 이런 꼴을 보고도 입에 재갈이 물려 찍소리도 못하는 수밖에.

이런 생각까지 든다. 미국 국회의원 한 사람당 두 명 이상이 달라붙어 정치자금을 미끼로 구워삶는다는 아메리카 군피아들이 이 나라 국회의원들도 죄다 구워삶아 놓은 게 아닐까? 그러지 않고서야 군 통수권의 알맹이 가운데 알맹이인 '전작권'을 제 나라 대통령이 행사하지 못하게 막는 꼴을 어떻게 군말 없이 지켜보기만 하겠는가? 미군이 제멋대로 그어 놓은 '해상군사분계선' 엔엘엘(NNL)을 침범했다고 북녘 배에 실탄으로 총질을 해 대고, 김일성 일가를 성범죄자로 조롱하는 '삐라'를 무더기로 하늘에 띄워 북녘의 총질을 부르는 이 전쟁광들을 막을 법령조차 마련되어 있지 않다니. 아무래도 미국에 등을 댄 전쟁상인(죽음의 장사꾼)들이 이 땅에서 활개를 치고 있다는 느낌을 버릴 수 없다.

이 나라 국민을 전쟁의 공포에 몰아넣어 의식을 마비시킴으로써 이 군피아들이 얻어 낼 이익이 어디 한둘인가. 한미 군피아들이 짜고 들어 첫째, 대한민국이 중화인민공화국과 지나치게 가까워지는 데 쐐기를 박는다. 둘째, 대한민국의 똥별들을 구워삶아 10년도 안 되어 고철로 바뀔 최첨단 무기를 마구마구 팔아먹는다. 셋째, '전작권' 반환을 무기 삼아 대한민국을 대중국 전쟁의 전초기지로 바꾼다. 이 모두가 아메리카합중국의 군산복합체가 저지르고 거기에 대한민국 군부와 방위사업청 따까리들이 맞장구친 결과다.

오바마나 박근혜는 다른 쪽에서는 몰라도 전쟁광들이 설치는 곳에서는 '절름발 오리'(레임덕)다. 오바마도 박근혜도 군부를 휘어잡을 힘을 잃었다. 남과 북의 평화회담이 제대로 굴러갈 성싶으면 그때마다 딴죽을 걸고, '그림자 글쟁이'(고스트 라이터)를 시켜 대통령으로 하여금 엉뚱한 자리에서 엉뚱한 소리를 지껄이게 해서 판을 깬다. 이것은 당사자들의 잘못된 판단이나 미숙한 대응 탓이 아니다. 우두머리가 오판을 하도록 치밀한 계획을 짜고 머리를 갉아먹는 군피아 집단이 뒤에 도사리고 있는 것이다.

한 나라를 지키는 사람은 군 통수권자도 아니고 군대도 아니다. 그들이 들여오는 값비싼 무기들도 아니다. 국민이 나라를 지킨다.

미국이라는 세계 경찰국가가 지금 이 순간에도 전쟁을 벌이고 있는 나라가 한두 곳인가. 그러나, 보라. 베트남전쟁에서 지고 나서도 애꿎은 젊은이들을 돈으로 사서 이라크, 아프가니스탄, 리비아, 시리아, 그 밖에 아프리카를 비롯해서 세계 곳곳에 최첨단 무기를 손에 들려 들여보냈지만 그 전쟁을 승리로 이끈 적이 단 한 번이라도 있나? 없다. 심지어 노근리에서 그 많은 민간인들을 애 어른 가리지 않고 학살한 한국전쟁에서도 미국은 이기지 못했다. 사람들이 듬성듬성 살고 가파른 산들을 끼고 있어서 전략적 가치가 크지 않은 고성, 간성 땅은 빼앗았으나 옛 고려의 도읍지였던 개성까지 내주었다. 그 잃어버린(?) 땅을 되찾는 데 힘쓴 사람들은 총칼 든 군대가 아니다. 남녘과 북녘의 평화 세력이 그 일을 해냈다.

앞으로 이 땅에서는 큰 싸움판이 벌어질 것이다. '미 군산복합체'가 뒷돈을 대는 전쟁광들과 세계 평화 세력 사이에 벌어지는 싸움판이다. 박근혜 정권의 '전작권' 회수 포기로 현실화한 미국의 대한민국 군사식민지화는 이 땅을 다시 전면전의 구렁텅이로 몰고 갈 먹구름이다. 머지않아 대한민국은 미국이 노리고 있는 대중국 전쟁의 전초기지로 탈바꿈할 것이다. 그리고 중국과 미국이 국지전을 벌인다면 그 국지전이 일어날 곳은 한반도이고 그렇게 되면 이 땅에 풀 한 포기 나무 한 그루 남아나지 않을 것이다. 그때가 되면 누구보다 먼저 전쟁광들이 아메리카합중국에서 보내는 비행기에 오르겠지. 지난날 베트남이 쑥대밭이 되었을 때 그 나라를 말아먹은 허울만 그럴듯한 베트남 똥별들이 그러했듯이.

이제 온 세상 평화 세력들이 어깨를 겯고 나서야 한다. 국제 평화연대의 튼튼한 그물 속에 전쟁광들을 가두어 아메리카합중국에서 멀지 않은 태평양 가운데 있는 조그마한 섬에 실어 나른 뒤에 그네들끼리 치고받게 해야 한다. 곁에서 부추기지 않아도 된다. 밥 먹고 하는 짓거리라고는 그 짓밖에 없었으므로 가만히 놓아두어도 서로 마지막 한 사람까지 죽이고 죽을 것이다.

어쩌다 뒤늦게 철들어 쌈박질 그만하고, 어린 전쟁광들, 이를테면 새로운 '서북청년단원'을 길러 낼 목적으로 전쟁대학이라도 세우자고 뜻을 모으게 되면 '대북전단 살포'라는 시시한 짓에 앞장서고 있는 부산의 머시기 대학교 철학 교수 최 거시기 같은 사람을 총장으로 모시고, 김구 같은 온건 우파 인사마저 '종북좌파'로 모는 이 간나 같은 사람을 그곳 국영방송 이사장으로 끌어들일 수도 있겠지.

참고삼아 전 통일부 장관을 지낸 정세현이 〈프레시안〉 기자와 인터뷰한 내용 가운데 들어 있는 남녘과 북녘의 군사비를 밝힌다. (2010년 기준이다.) '대한민국'이 지출한 군사비

225억 7000만 달러. '조선민주주의인민공화국'이 지출한(것으로 남녘이 추정한) 군사비 8억 1000만 달러. 북녘의 군사비보다 서른 배쯤 더 많은 이 국민의 세금은 다 어디로 샜을까? 그때 남녘의 국가 총예산은 1740억 달러였는데 북녘의 국가 총예산이 52억 달러였다고 하니, 북녘에서 국가 총예산을 모두 털어 군사비에 돌렸다손 치더라도 대한민국 국방비의 4분의 1도 채 안 되는 꼴인데, 그 돈 다 어디에 썼길래 대한민국 국방부는 미국에 기대지 않으면 우리가 진다고 호들갑을 떨면서 제발 우리를 불쌍히 여겨 달라고 싹싹 빌까? 너도 모르고 나도 모른다.

2014. 10

“딱 하나만!”

지난 스무 해 동안 우리 마을에는 범죄가 없었다. 자물쇠 채우지 않아도 남의 집에 들어가 무얼 훔치는 사람도 없고, 경찰이 쫓아온 일도 없었다. 그러니 우리 마을 사람 쪽에서 보면 경찰, 검찰, 법무부, 국가정보원, 국회, 헌법재판소 같은 데 들어가는 돈은 아까울 수밖에 없다. 왜 이것들까지 먹여 살려야 하지?

가끔 학부모들을 만나는 자리에서 물어본다. 어머니가 애터지게 밥 먹어라 밥 먹어라 부르는데도 못 듣고 동무들과 실컷 놀아 본 적이 있느냐고. 그러면 사오십 대가 넘은 이들은 거의 모두 손을 든다. 그 모습을 찍어 놓고 싶다. 한결같이 이를 하얗게 드러내고 입이 귀에 걸린 얼굴들이다. 왜 그렇게 구김살 없이 웃느냐고 물으면 행복해서란다. 댁의 아이들도 그렇게 자라고 있느냐고 물으면 겸연쩍어한다.

행복은 뒤늦게 돈 주고 살 수 없다. 애써 배워 익힐 수 있는 것도 아니다. 어려서부터 몸에 배어야 한다. 마음껏 밖에서 뛰놀면서 손발 놀리고 입 놀리는 가운데 가슴 깊이 스미는 감정이 행복이다. 그런데 이 빌어먹을 나라에서는 아이들이 마음 놓고 놀 곳도 때도 없다. 머리만 굴려도 살 수 있다고 여겨 아이들을 네모난 방에 온종일 가두어 놓고 옴짝달싹 못 하게 한다. 그리고 별별 해괴한 교육 이론을 들먹이면서 온갖 짓을 다해 아이들을 못살게 들볶는다.

아이들마저 불행으로 이끄는 이 망할 놈의 나라가 두 해 전부터는 한술 더 떠서 망할 짓만 골라서 저지른다. 이 나라는 먹이고 재우고 입혀 주는 노동자 농민들을 제대로 돌본 적이 없다. 식량 자급률이 20퍼센트대에 머물고, 잡곡 자급률은 5퍼센트대에 못 미친다. 밀가루 자급률은 0.2퍼센트까지 떨어졌다. 땅도, 물도, 바람마저 썩어 가 아이들에게 물려줄 것이 굶주림과 질병밖에 없는 지경에 이르렀는데도 지금 잘 먹고 잘사는 것들 눈에는 강 건너 불이다.

군대만 썩은 게 아니다. 입법, 사법, 행정 어느 곳을 둘러보아도 썩은 냄새가 코를 찌른다. 누구를 위해서 헌법재판소가 있고 학교가 있고, 신문 방송이 있는가. 그렇잖아도 잘살고 있는 1퍼센트를 더 잘살게 하려고 나머지 99퍼센트를 쥐어짤 궁리만 하는 권력이 온 나라를 휘젓고 있다.

공무원 연금 개혁? 웃기는 짓이다. '공무원이 철밥통'이라는 말, '정권 바뀌기만 기다리면서 복지부동한다'는 말은 어제오늘 나온 말이 아니다. 누가 그렇게 만들었는가. 공무원이 사이에 들어 생겨나는 부정부패가 오늘까지 이어져 오고 있다는 말도 맞다. 그러나 공무원 연금을 깎아서 나라 살림 걱정을 더는 것보다 공무원들이 뒷돈을 챙기지 못하게 해서 나랏돈이 새는 것을 막는 게 더 먼저다. 뒷돈을 1000원만 받아도 목을 자르면 된다. 공무원 사회가 청렴결백한 사람으로 채워지면 정경유착은 저절로 없어진다. 이 일은 어렵지 않다. 공무원 노조를 법 밖으로 내칠 생각을 거두고 노동 삼권을 보장해 주면 된다.

공무원들을 윽박질러 길들이려고 해서는 안 된다. 공무원 사회가 맑아지면 뒤로 새는 돈이 없어져서 따로 연금 개혁을 하지 않더라도 재원 문제는 풀린다. 공무원 연금을 깎는 대신에 다른 연금들을 공무원 연금 수준으로 올리는 길은 왜 찾지 않는가. 돈이 없다고? '사자방' 같은 데 낭비되는 돈, 아메리카합중국산 첨단 무기 사들여 전쟁을 부추기는 돈을 아끼면 그러고도 남을 만한 돈이 이 나라에 쌓여 있다.

김영란법? 겉으로는 그럴싸하다. 그러나 속 들여다보이는 법이다. 그 까닭은 이렇다. 첫째, 이 법은 국회의원들을 잠재

적 범죄 집단으로 가정한다. 둘째, 돈 있는 놈만 입후보할 길을 터 준다. 셋째, 수틀리면 통치권자가 법무부를 앞세워 아무나 먼지 털어 범법자를 만들어서 입법부의 목을 조를 수 있다.

현 정부는 이런 말도 안 되는 법안을 국회에 들이밀면서 당장 통과시키라고 여당을 몰아세우고 야당 입에 재갈을 물리려 든다.

조선이라는 나라가 망하기 전에 월남 이상재가 했다는 말이 생각난다.

"여섯 명만 목 자르면 되겠나?" (왕조시대 육판서를 갈아 치우면 나라가 바로 설 수 있겠느냐는 물음이다.)

"세 명만 자르면 됩니다." (삼정승인 영의정, 좌의정, 우의정을 가리킨다.)

이상재에게 물었던 이가 그 삼정승 가운데 하나였다 한다. 누가 나에게 묻는다면?

"딱 하나만!"

그렇잖아도 구린 정권이었다. "중앙선관위는 각 지역선관위가 개표도 하기 전에 개표 방송을 했고, 각 지역선관위는 개표 방송에 맞추어 개표 상황표 투표용지 교부수와 투표수를 조작했고, 총투표수를 맞추기 위해 선관위원장이 공표하지도 않은 유령 투표수를 임의로 넣었다 뺐다 하면서 투표수 총수치를 임의로 조정했다." 시골목사 김후용이 《침몰하는 대한민국호》(김후용, 출애굽, 2014)에 쓴 글이다. 이명박 정부 시절 2012년 12월 19일에 있었던 일이라 한다. 김 목사는 중앙선관위의 일사불란한 지휘로 온 나라에 걸쳐 조직적인 개표 부정이 이루어졌다고 지금도 믿고 있다. 박근혜 정권은 이런 구설수를 안고 태어났다.

그로부터 만 2년 뒤인 2014년 12월 19일에 무슨 일이 일어났나. 이날은 반드시 기억되어야 한다. 대한민국 민주주의에 '조종'(弔鐘)이 울린 날이기에. 대한민국 헌법재판소는 이날 통합진보당을 해산하고, 현직 국회의원 다섯의 자격을 박탈한다는 판결을 내렸다. 국회에 대표를 다섯밖에 보내지 못한 정당이 그 힘으로 대한민국을 송두리째 뒤엎을 수 있다고 판단한 것이다. 아니, 대한민국호가 이렇게 허술하단 말인가. 그 배에 올라탄 선장과 승무원은 다 어디에 있는가. 같은 선실에 있던 그 많은 여당, 야당 의원은 무얼 하고 있었던

가. 침몰하는 배에 타고 있던 쥐새끼들처럼 우르르 떼 지어 먼저 탈출하지 않았는데도 이런 일이 생겼다면, 그 '구쾌의원'들은 모두 국회에서 몰아내야 한다. 나라를 지키는 데 아무 도움도 되지 못하는 것들이 나라의 꼭대기 선실을 차지하고 앉아 그렇잖아도 기우는 배를 더 빨리 뒤집히게 하는 꼴을 어찌 보고만 있을 수 있겠는가.

대한민국호가 지금 세월호처럼 지그재그 운행을 하고 있다. 푸른색으로 도배된 선장실은 들쑤셔진 벌집이다. 들리는 소문도 하나같이 흉흉하다. 말(달리는 말)을 잘못 다루어 '그 사람들 나쁜 사람들이라네요'라는 한마디 말에 일자리를 잃은 '최우수' 공무원과 '우수' 공무원 이야기. '찌라시'를 집 밖으로 빼냈다 해서 야단맞고 스스로 목숨을 끊은 사람의 유서 이야기. '십상시', '7인방'…… 소문은 눈덩이처럼 구른다. 어떤 재미동포는 문화체육관광부라는 곳에서 우수도서로 뽑힌 책 내용을 중심으로 콘서트를 했는데, '종북'으로 몰려 그 말을 곧이곧대로 들은 고등학생이 던진 냄비폭탄 세례를 받았다는 이야기. 그 폭탄을 던진 학생은 윤봉길 의사에 버금하는 애국자로 떠받들린다는 이야기…….

“메리메리 쫑쫑, 해피해피 독독 / 잔치잔치 벌였네 파란 지붕 마당가에 / 이뻡 사뻡 불뻡 탈뻡 온 동네 똥개들이 / 진도깨 개엄 아래 비상 잔치 벌였네 / 진도가 앞장서서 컹컹 으르르릉 / 똥개가 덩달아서 끼깅끼깅 깽깽.”

메리메리 크리스마스, 해피해피 누이여.

정말 개 같은 세상이다. 아니, 개한테 부끄러우니 개만도 못한 세상이라고 하자.

마지막으로 옛 소련 반체제 인사로 몰려 침묵을 강요당했던 한 시인이 했던 말을 여기에 옮긴다.

누군가 바른말을 해야 할 때 입 다물고 있다면 그 침묵은 거짓말이다. _옙투셴코

2014. 12

2014년	박근혜 정부 통일정책 톺아보기
1월 6일	박근혜 대통령 신년 기자회견에서 "통일은 대박"이라고 발언.
2월 12일	박근혜 정부, 김정은 체제 출범 뒤 첫 남북간 고위급 접촉.
2월 20일~25일	제19차 이산가족 상봉.
3월 28일	박근혜 대통령 독일 드레스덴 공과대학에서 한반도 평화통일을 위한 3대 대북 원칙 '드레스덴 선언' 공표. 북녘에 3대 제안 실현하기 위한 '남북교류협력사무소' 설치 제안. (북녘은 4월 12일 국방위 대변인 담화에서 드레스덴 선언에 나온 3대 제안 사실상 거부.)
7월 15일	드레스덴 선언에 따른 '대통령 직속 통일준비위원회' 발족.
7월 17일	인천아시안게임 북녘 선수단·응원단 파견 문제로 열린 남북 실무회담 결렬.
8월 21일	북녘 국가올림픽위원회 대표단 인천아시안게임 종목별 조 추첨행사에 참석. 북녘 선수단 273명 참가 확정. (응원단 불참.)
10월 4일	북녘 고위급 대표단 3인 인천아시안게임 폐막식 참석.
10월 10일	일부 단체들 대북전단 살포. (10월 25일, 31일 연이어 대북전단 살포됨.)
10월 23일	워싱턴에서 열린 한미연례안보협의회에서 한미 양국 기한 명시하지 않은 전시작전통제권 연기에 합의.
11월 1일	북녘 '대북전단 살포 계속되면 제2차 남북 고위급 접촉에 나서지 않겠다'고 입장 발표. 박근혜 정부 '표현의 자유'를 들어 정부 책임이 없다고 대응, 2차 남북 고위급 접촉 무산.
12월 19일	헌법재판소 통합진보당 해산 결정(인용 8명, 기각 1명).
12월 29일	한·미·일 3국 간 '북한 핵·미사일 위협에 관한 한미일 정보공유 약정' 체결과 동시에 발효.

3장

2015년

우리의 소원은 영세중립 평화통일

영세중립 코리아만이 살길이다

대한민국의 영토는 어디에서 어디까지인가. 한라에서 백두까지다. 한반도 전체가 대한민국 영토라고 헌법에 적혀 있다. 조선민주주의인민공화국은 어디에서 어디까지인가. 백두에서 한라까지다. 조선반도 전체가 인민공화국의 영토다. (남녘과 마찬가지로 북녘도 그렇게 우기고 있다.)

군대는 왜 있는가. 국민(인민)과 주권(독립국가로서 권리)과 영토(한반도, 조선반도)를 지키라고 있다. 국방군과 인민군은 주권과 영토를 지키고 국민(인민)을 보호하기 위해서 누구와 싸워야 하는가. 당연히 이 땅을 둘러싸고 있으면서 어떻게 하면 우리의 주권을 침해하고 우리 영토를 집어삼킬 수 있을까를 노리고 있는 나라들이다. 여러 차례 이 나라를 쑥대밭으로 만든 역사가 있는 '중국'이다. 실제로 36년 동안 이 나라를 집어삼켜 식민지로 삼았던 '일본'이다. 이 나라를 반으로 동강 내고 아직도 군대를 주둔시켜 군사식민화를 하고 있는 '미국'이다. 덩달아 삼팔선을 만들고 그것이 나중에 휴전선으로까지 이어지도록 공모하고, 이 땅의 북녘에 점령군을 보낸 '소련'이다.

그런데 잠깐, 대한민국 국방군은 한반도를 지키기 위해

서 과거의 행적이 짐승만도 못했던 이 강대국들과 맞서 싸울 힘이 있는가, 뜻이 있는가. 아니다, 없다. 그럴 힘과 뜻이 없기로는 조선 인민군도 마찬가지다. 그러면 어떻게 되는가. 남녘과 북녘이 강대국들 농간에 넘어가 다시 싸우게 된다 치자. 그러면 지난날 미국과 소련의 부추김을 받아 우리가 이해하지도 못한 이념을 앞세워 대리전쟁을 치르고, 그 과정에서 부모 형제를 서로 죽이고 다치게 해 결국은 불구대천의 원수로 지낼 수밖에 없었던 조상들의 전철을 밟아 남누리 북누리 젊은이들이 다시 피를 흘리게 될 게 뻔하다.

이 끔찍한 악몽에서 벗어날 길은 어디 있는가.

평화통일밖에 없다. 그리고 주변 강대국들로부터 영세중립의 보장을 받아 내는 길밖에 없다.

호락호락하지 않다. 나라 안에서도 그렇고 밖에서도 상황은 만만치 않다. 대한민국 군대가 왜 썩을 수밖에 없는가. 주적을 잘못 설정했기 때문이다. 나라 안팎의 전쟁광들은 북누리의 젊은이들을 주적으로 삼으라고 등 떠민다. 그런데 같은 영토 안에 있는 한 형제를 어떻게 주적으로 삼을 수 있는가. 그것은 헌법을 부정하는 일일 뿐만 아니라 민족국가로서 주권을 해치는 일이다. 게다가 윗대가리에 앉아 있는 전쟁광들의 수작을 보니, 전쟁은 이미 영토와 주권을 지키고 국민을 보호하려고 준비되는 것이 아니라 아메리카합중국의 군산복합체가 시키는 대로 이 땅에서 해마다 최첨단 살상무기의 이동 박람회를 개최하고, 할리우드 만능 전쟁 로봇과 종이로 만든 모의 전투기를 마구잡이로 사들여, 제 배를 채우려는 무기 상인들과 거기에 빌붙은 똥별들의 잔치에 지나지 않는다는 사실이 빤히 드러나고 있다.

떳떳이 내세울 적이 없으니, 애꿎은 부하들을 적으로 삼아 죽이고, 미국과 일본, 중국과 러시아에서 이 나라를 호시탐탐 노리고 있는 진짜 주적들이 눈에 안 보이니, 함께 나라를 지키라고 전선에 보낸 오누이를 '위안부'로 여겨 겁탈하는 짓을 서슴없이 저지른다. 게다가 그런 짓을 집권 여당 국회의원이라는 자는 '제 마누라를 자주 못 만나서 벌어지는 일이 아니냐'고 넋 나간 소리를 한다. (아베가 하는 말이나 이자가 하는 말이나 오십보백보다.)

'통일 대박', '비무장지대에서 오순도순 한마을 이루고 사는 남누리 북누리 젊은이들', 다 좋은 말이다. 그러나 이 말이 빈말로 그치지 않으려면 길을 닦아야 한다. 먼저 '비무장 지대 내의 남북 청년 공동체'에 대해서 한마디하자. 비무장 지대에 가려면 먼저 민통선을 거쳐야 한다. 민통선은 군대의 허락을 얻어 민간인들이 드나들 수 있는 곳이다. 수자원공사를 비롯해서 정부와 연관 있는 기관이 수용해 놓고 마땅히 활용할 방안을 찾지 못하고 있는 땅이 연천, 포천, 철원같이 민통선 안에 수백만 평이나 방치되어 있다. 남녘과 북녘의 젊은이들이 평화롭게 한마을을 이루고 사는 게 정말 꿈이라면, 먼저 이 민통선을 열어야 한다. 민통선 안 곳곳에 평화마을을 세워야 한다.

민통선을 여는 문제는 따로 남녘과 북녘이 머리를 맞대지 않더라도 우리 쪽에서 할 수 있는 일이다. 아무나 민통선 안으로 들여보내라는 말이 아니다. 생태 환경을 지키면서 유기농으로 건강한 먹을거리를 생산해 내는 남녘의 젊은 일손을 길러 낼 '생태 환경 농업 교육 실습장'으로 이 땅들을 뜻있는 단체에 임대하면 된다. 소유권은 국가가 갖되, 경작권은 생명 평화에 뜻 두고 있는 이들이 갖게 하는 조그마한 조치들이 쌓이면 마지막에는 '한반도의 비무장지대화'라는 큰 그림을 그릴 수 있다.

다음으로 '통일이 대박'이 되려면, 남녘과 북녘 민족 공동체의 구성원들뿐만 아니라 우리를 둘러싸고 있는 우리보다 힘이 센 나라들, 우리 나라를 겁탈하지 못해서 안달이 난 발정 난 수캐 같은 전쟁광들이 설치는 나라들 안에 있는 평화 세력들을 움직일 수 있어야 한다. 다시 말해서 이 땅에서 좋은 뜻을 지닌 친일파, 친미파, 친중파, 친러파가 사이좋게 어깨동무를 하고 일본, 미국, 중국, 러시아의 평화 세력과 연대할 수 있는 길을 찾아야 한다. 그러기 위해서 대통령이 가장 서둘러서 해야 할 일은 눈과 귀를 밝게 해 줄 사람들을 찾아 곁에 두어 그이들 눈으로 세상을 보고, 그이들 귀로 세상 돌아가는 형편을 듣는 것이다.

아베를 멀리하는 것은 잘하는 일이다. 거기에 그치지 말고 오바마를 멀리할 필요가 있다. (오바마가 현재 벌이고 있는 짓은 이 나라 남녘땅을 대중국 전쟁 기지로 바꾸려는 노림수에 지나지 않는다. 제주도 강정 앞바다를 미군 항공모함이 드나들 수 있는 해군기지로 바꾸려는 짓도 그 준비 작업으로 보는 시선이 있다.)

통일조국에 가장 걸림돌이 되는 나라는 누구인가. 중국,

러시아, 일본, 미국이다. (이 차례는 우리 영토와 가까이 있는 차례다.) 그런데 우리가 이들과 맞붙어 싸워서 이길 수 있는 힘이 있는가? 없다. 앞으로 힘을 길러 이길 수 있는 희망이 보이는가? 안 보인다. 그러면 어떻게 해야 하나? 사이좋게 지내야 한다. 이들이 넘보지 못하게 '교린'을 해야 한다. '사대'는 빼도 된다. 저마다 한가락 하는 전쟁광들, 짐승들이 서로 으르렁거리는 사이를 비집고 들어야 한다. '너 우리 똘마니 될래?' '아니.' '그러면 한 방에 가는 수 있어.' '그럼 나 저쪽으로 붙을 텐데, 그래도 좋아?' 이렇게 이쪽저쪽 어느 쪽도 못 건드리게 처신을 잘해야 한다. 그러려면 무기를 내려놓아야 한다. 무기에는 반드시 그 무기를 만든 나라의 국적이 있다. '메이드 인 유에스에이', '메이드 인 재팬', '메이드 인 차이나', '메이드 인 러시아.' 그 가운데 어느 한 나라에서 만든 무기를 드는 순간 우리는 그들의 앞잡이가 되어 가장 먼저 총알받이가 될 수밖에 없다. 그러니 우리에게는 '코스타리카 모델'이 적격이다.

남녘과 북녘에서 동시에 무기를 내려놓아야 한다. 그래서 한반도 전체를 비무장지대로 바꾸고 조선반도를 하루빨리 세계평화공원으로 만들어 이 땅에 국제평화기구가 곳곳에 들어설 수 있도록 해야 한다. 이 땅이 얼마나 아름다운 땅인가, 우리 민족이 얼마나 평화를 사랑하는 민족인가를 모두에게 보여 주어야 한다.

이것이 바로 '으라차차, 영세중립 코리아'다. '꼬마평화도서관 운동'이고, '비무장지대에 남누리 북누리 젊은이들이 땀 흘려 일해서 이루는 꿈의 평화마을'을 앞당기는 길이다.

"오늘부터 대한민국과 조선민주주의인민공화국은 모든 무기를 손에서 내려놓고 영세중립 통일조국 평화의 나라임을 선포한다. 미·일·중·러는 우리의 뜻을 따르라."

이 얼마나 멋진 모습인가. 이렇게 공동선언을 하는 박근혜와 김정은은 얼마나 아름다운가. 이 두 사람이 선창하는 '우리의 소원은 통일'을 듣고 싶다.

2015. 2

‘전쟁광’들에 맞서 평화의 깃발을 들자

"비록 우리는 전쟁에서 졌지만 조선이 이긴 것은 아니다. 조선 사람(조센진)이 제정신을 차리고 옛 영광을 되찾는 데에는 100년도 더 걸릴 것이다. 우리 일본은 조센진에게 총과 대포보다 더 무서운 식민사관을 교육시켜 놓았다. 조센진들은 서로 이간질하면서 종놈들처럼 살 것이다."

1945년 9월 12일 마지막 조선 총독 아베 노부유키가 아메리카합중국에 조선 땅을 넘기면서 했다는 연설의 한 대목이라고 한다. 이 아베가 누구인가. 현 일본 총리 아베 신조의 할아비라는 소문도 돌았던 인간이다. (아베 신조의 외할아버지는 에이급 전범이자 자민당 체제를 세운 기시 노부스케이고 그 자민당을 세우는 데 힘을 실어 준 것은 아메리카합중국이었다.) 이 연설문을 읽으면서 일본의 손아귀에서 벗어난 지 얼마 안 되어 이 땅의 시골 구석구석까지 울려 퍼졌다는 노랫가락이 떠올랐다.

"미국놈 믿지 말고 소련놈에 속지 마라. 일본놈 일어나니 조선 사람 조심하소."

아베 노부유키가 그 연설 뒤끝에 덧붙였다는 저주, "보라! 조선은 실로 위대하고 찬란했으나 지금의 조선은 결국 일본

식민교육의 노예로 전락했다. 나는 다시 돌아올 것이다"라는 말대로 미국의 군사식민지로 전락한 한반도 남녘땅에 군국주의 대일본제국은 70년도 안 되어 되돌아오고 있다.

제2의 '가쓰라·태프트 밀약'은 이미 이명박 정권 때부터 시작되었다. '가쓰라·태프트 밀약'이란 무엇인가. 미국이 필리핀을, 일본이 조선 땅을 먹어 치우는 것을 서로 눈감아 주자는 것이었다. 아메리카합중국은 이 밀약에 따라 영세중립을 통해서 대한제국을 지키고자 했던 조선의 임금 고종의 호소를 헌신짝처럼 저버렸다. 그리고 얼마 안 가 '을사보호늑약'을 조선에 강요했다.

지난 연말에 미국과 일본이 짜고 들어 대한민국에 '엠디'(MD)를 지속적으로 강요했는데 이 구체 내용이 무엇인지는 너도 모르고 나도 모른다. 이명박 정권 때 서해에서 한미 군사훈련 과정에서 천안함이 두 동강 났다. 그 뒤로 5·24 조치가 이루어져 한반도 남녘과 북녘 사이가 얼어붙은 이 사건을 두고 미국에서 베트남전쟁의 빌미가 된 '통킹만 사건'을 떠올린다는 말이 한때 나돌았는데, 그 말에 힘을 실어 주기라도 하듯이, 박근혜 정권에 접어들어 미국과 일본은 중국을 겨냥한 자기들의 군사작전에 대한민국을 끌어들이기 위해서 온갖 짓을 다 벌이고 있다. 그 가운데 하나가 한반도 남녘땅에 '사드'(THAAD)를 배치하려는 시도다. 이미 아메리카합중국의 합참의장과 국방장관이 다녀가고 집권 여당의 원내대표라는 자는 지난날 을사오적들이 그러했듯이 이 토막난 나라마저 '영미귀축'과 '쪽바리'에게 통째로 갖다 바치지 못해 안달을 하고 있다.

대한민국이 미·일의 군사식민지로 떨어지지 않기 위해서, 그리고 대중국 전쟁의 전초기지로 바뀌게 하지 않기 위해서 우리는 한미 군사훈련이라는 이름으로 엠디와 사드 배치를 앞세워 해마다 세계 최첨단 살상무기 박람회를 한반도에서 제 입맛대로 여는 전쟁광들의 횡포를 막아야 한다.

엠디와 사드가 한반도 안에 둥지를 트는 것은 누구의 이익이고 누구에게 재난인가? 두말할 나위 없이 이것은 '아메리카합중국 군산복합체의 이익'이다. 재무장과 국론통일을 통해서만 오랜 불황에서 빠져나올 수 있는 '군국주의 일본의 이익'이다. 이들은 중미 관계가 악화되면 될수록 떼돈을 벌 수 있다. 현재 그들이 이용할 수 있는 가장 손쉬운 고리가 한반도 남녘에 우글거리고 있는, 한때는 친일, 지금은 친미의 탈을 쓰고 있는 민족반역자들이다.

엠디란 무엇이고, 사드란 무엇인가? 한마디로 아메리카합중국이나 대일본제국의 본토에 중국이나 북녘에서 미사일에 실려 오는 핵탄두를 미리 막아 내자는 것이다. 한반도 남녘에 핵탄두가 날아들 가능성이 거의 없다는 것은 그들도 알고 있다. 핵무기 안 쓰더라도, 재래식 미사일만 동원하더라도, 한반도 남녘은 북녘이 마음만 먹으면 핵의 쓰나미를 뒤집어쓸 수 있다. 고리, 월성, 영광…… 핵발전소는 외부의 공격으로부터 안전하지 않다. (물론 현재로는 사고가 더 큰 걱정이지만.) 아메리카합중국과 대일본제국의 논리가 맞다 치더라도 만일에 엠디와 사드를 통한 미사일 요격 체계가 발동하면 한반도는 남북을 가릴 것 없이 방사능의 두꺼운 이불 밑에 깔려 죽게 된다. 핵탄두를 실은 중국이나 북녘의 미사일이 이 나라 상공 저 높은 곳에서 엠디와 사드에 맞아 터진다고 상상해 보라. 미·일 전쟁광들은 한반도가 불바다가 되든, 핵의 쓰나미로 떠내려가든 아랑곳없다. 바로 그 때문에 제 나라가 아닌 이 땅의 남녘을 군사기지로 탈바꿈시켜

중국과 맞서고자 하는 것이다.

나는 박근혜 대통령이 초심으로 돌아가기 바란다. “비무장지대에 남녘과 북녘의 젊은이들이 평화로운 공동체를 이루고 살길을 찾자”는 그이의 말이 빈말이 아니라고 믿고 싶다. 지난밤에도 나는 이런 꿈을 꾸었다. 민통선을 거쳐서 연천군에 잇닿아 있는 비무장지대를 찾아가는 제주도 머스마의 손에 이런 팻말이 들려 있었다.

“나는 대한민국 ‘국민’이 아니오.”

바로 그때 철원 평야를 건너다보는 북녘의 비무장지대에 함경도에서 내려온 가시나가 나타났다. 그이의 손에는 이런 수건이 들려 있었다.

“나는 조선민주주의인민공화국의 ‘인민’이 아니에요.”

그들의 또 한 손에는 흰 바탕에 푸른색으로 그려진 한반도(조선반도)의 깃발이 들려 있었고, 그 밑에는 저마다 이런 글이 적혀 있었다.

“나는 한라산 자락에서 살지만 우리 나라 사람이오.”

“나는 백두산 품에 안겨 자랐지만 우리 나라 사람이에요.”

이 머스마 가시나들이 비무장지대에서 전쟁의 공포에서

벗어나 알공달공 어우렁더우렁 평화마을을 이루고 살게 하사는 게 박근혜 내동링의 꿈이있을 것이고, 그 꿈을 이어받아 이 머스마 가시나들 사이에서 태어난 평화의 아들딸들이 한반도 전체를 비무장지대로, 조선반도 전체를 세계평화공원으로 바꾸어 내기를 바라는 것이 현재 남녘과 북녘에 사는 어중이떠중이들의 소망일 것이다. 다시 말해서 '대한민국' '국민'이나 '조선민주주의인민공화국' '인민'이 아니라 '우리 나라' '사람'이기를 바라는 것이 평범한 우리의 소원일 것이다.

세월호 참사 1주년이 코앞에 다가오고 있다. "(실종자들을) 마지막까지 찾겠다고 약속드린다. 실종자 가족들께서 끝내도 된다고 할 때까지 (실종자 수색을) 할 것이다." 이 말은 '약속 지키는 대통령', '신뢰의 대통령' 입에서 나온 말이다. 그런데 아직도 세월호 침몰의 진상은 밝혀지지 않고, 선체도 인양*되지 않고 있다. 그래서 아직 자식의 주검마저 저 깊은 바닷속에 두어 가슴에도 묻지 못하는 어머니 입에서는 이런 울부짖음이 터져나오고 있다. "제가 이런 나라에서 왜 내 자식을 낳고 키웠는지 모르겠습니다. (이 정부는) 아이들을 수장시켜 놓고 부모까지 수장시키려 합니다."

혹시라도 '천안함 사건'이 '통킹만 사건'과 같은 사건으로 밝혀지면(재판은 아직도 끝나지 않았고, 진실도 아직 밝혀지지 않았다), 또 만에 하나라도 '세월호 침몰'이 (이것도 아메리카합중국 국민 사이에서 떠도는 말이지만) 한반도 남해안에서 이루어지고 있던 '한·미·일 비밀 군사훈련과 연관이 있을지도 모른다'는 의혹을 뒷받침하는 증거라도 나온다면, 이 나라 대통령들은 무슨 낯으로 '우리 나라 사람'들을 볼 수 있을까.

오늘도 '영세중립 코리아'를 바라는 평화 세력의 등 뒤에 엠디와 사드, 그리고 드론의 총구가 겨누어지고 있음을 잊지 말자. 오바마를 갖고 노는 미 군산복합체, 아베 신조를 수상으로 떠민 군국주의 세력, 그리고 종북몰이를 안보로 덧칠하는 '딴 누리'의 전쟁광들이 '우리 나라 사람'의 가슴에 언제든지 칼을 꽂을 수 있음도 잊지 말자.

2015. 4

* 2017년 4월 11일, 세월호 참사 1091일 만에 목포신항에서 세월호 선체 인양 작업이 마무리됐다.

‘대한민국 군 통수권자는 주한미군 사령관이다’

누가 이 글의 제목 같은 말을 한다고 치자. 당신은 믿겠는가? 나는 믿겠다. '김상태 사건'이 떠오른다. 김상태, 1930년 3월 13일생. 대한민국 공군 출신으로 공군 참모총장을 지냈으며 장성 출신 군 원로들의 모임인 성우회 회장을 지낸 기업인이다. '록히드 마틴'의 대리점 '승진기술'을 설립하였다. 대법원은 2015년 1월 29일 군의 2, 3급 군사기밀을 6년 동안 열두 차례에 걸쳐 미국 군수업체에 넘겨주고 25억 원을 받아 챙긴 김상태 전 공군 참모총장에게 징역 10월에 집행유예 2년을 선고한 원심을 확정했다. 최종 판결을 맡은 대법원 판사는 김용덕 대법관이다. 김용덕에 관한 흥미로운 기사를 보았다. 이분 재산은 짧은 기간 동안에 18억에서 41억 원으로 두 배 넘게 불어났는데, 현직 대법관 중에 가장 재산이 많은 분이고, 또 이분은 '전교조 시국선언'이 국가공무원법이 금지하고 있는 '정치적 중립 의무를 위반한 것'이라는 대법원 판결을 이끌어 낸 주심이기도 하단다.

김상태에 대한 대법원 판결이 나왔을 때 이 판결을 두고 일부 국민들의 반응이 어떠했는지 알아보자.

반응 1, '제 생각엔 김상태 전 공군 참모총장을 이등병으로 강등한 뒤 반역죄, 간첩죄, 군 기밀 누설죄, 국가보안법 위반 등을 적용해 사형을 선고해도 부족할 것 같은데…….'

반응 2, '어처구니없는 판결.'

반응 3, '일반인도 25억 횡령하면 몇 년 콩밥 먹을 것을 각오해야 할 텐데, 하물며 군사기밀 팔아먹은 사람에게 고작 집행유예라…….'

반응 4, '우리 나라 애국보수들이 말하는 안보의 민낯.'

그러면 여기서 잠깐, 김상태가 성우회 회장을 맡고 있던 2006년 전시작전통제권(전작권) 회수 방안을 놓고 노무현 정부와 군 당국이 갈등을 빚고 있을 무렵 그의 입에서 어떤 말이 나왔는지 되새겨 보자. "군 원로들은 국가 안보를 위해 한평생을 바쳤다. 모욕적인 언사에 밤잠이 오지 않는다." (이 모욕적인 언사의 내용이 무엇인지는 유튜브를 통해서 널리 퍼져 있는 '2006년 12월 21일 민주평화통일자문회의 상임위원회 연설'에서 전작권에 대한 노무현 전 대통령의 생각을 육성으로 직접 보고 듣기 바란다.) 참고로 검찰은 이 무렵부터 이미 김상태가 록히드 마틴에 군사기밀을 유출하고 있었던 것으로 보고 있다. (2003년부터 2010년에 걸쳐 열두 차례나 군사기밀을 넘긴 사실이 있다고 밝히고 있으니까.)

나는 김상태에 대한 '어처구니없는 판결'이 나오게 된 뒤에는 록히드 마틴이 버티고 있다고 믿는다. 록히드 마틴은 어떤 회사인가? '록히드 마틴'은 2008년 전 세계에서 최대 매출액을 기록한 '아메리카합중국 군산복합체'이다. 이 회사의 매출에서 95퍼센트는 미 국방부, 미 연방기관, 그리고 친미 국가의 군수품 고객들로부터 발생한다. 이번 한반도 사드 배치의 배후에도 록히드 마틴이 있다는 믿을 만한 소문이 돈다. 주한미군 사령관이 앞장서고 미 국방장관, 국무장관이 줄줄이 방문해서 한반도의 남녘땅에 사드 배치를 기정사실로 못 박으려는 음모의 배후에 록히드 마틴이 있다면, 전작권도 없는 허수아비 군 통수권자인 대한민국 대통령 멱살을 쥐고 얼마든지 흔들 수 있지 않겠는가.

굳이 알튀세르의 말을 빌리지 않더라도 '폭력적 국가 기구' 가운데 가장 큰 힘을 휘두르는 곳은 '군부'이고, 그다음으로 큰 힘을 휘두르는 곳은 '사법부'다. 한쪽은 전쟁광들이, 다른 한쪽은 감시와 처벌을 일삼는 자들이 지배권을 쥐고 있다. 전쟁광과 감시·처벌자는 본디 뿌리가 하나다. 이들은 절대권력에 절대복종하는 것을 미덕으로 여긴다. 식민지 상황에서 절대권력은 식민본국에 있고, 식민지에서 그 권력을 휘두르는 자는 점령군과 그들의 폭력을 정당화하는 법집행자들이다.

알다시피 2000년에 '자랑스러운 서울대 법조인'으로 뽑힌 '민복기'는 그가 대법원장으로 있던 1975년 4월 8일 여덟 명의 죄 없는 사람들에게 '사형선고'를 내리고 미처 하루도 지나지 않아(열여덟 시간 만에) 사형이 집행되어, 당시 네덜란드 헤이그에 있는 국제사법재판소로 하여금 '세계 사법 사상 암흑의 날'로 선포하게 한 장본인이다.

민복기는 어떤 인물인가? 이 사람은 이완용과 처남매부 사이인 골수 친일파 민병석의 둘째 아들로 태어나 1937년에 사법고시에 합격하여 경성지법에서 검사 판사 노릇을 하면서 독립운동가를 기소하고 유죄 판결을 내린 경력이 있다. 그 뒤로 유난히 친일파를 중용한 이승만 대통령 시절 대통령 비서실장을 지냈고, 검찰총장, 최장수 대법원장을 거쳐 전두환 정권 때 국정 자문 위원이 되고 국민훈장 무궁화장까지 받았다.

이 사람이 '사법 살인'을 한 사람 가운데 '우홍선'이라는 이가 있다. 이이는 공교롭게도 대한민국 대표 똥별인 김상태보다 일주일 먼저인 1930년 3월 6일에 태어났다. 이분의 약력은 다음과 같다. 1950년 한국전쟁 당시 고교생으로 학도의용군 참전, 1958년 육군 대위 예편, 1960년 4·19혁명 뒤로 통일민주청년동맹 중앙위원장 역임, 1961년 5·16쿠데타 이후 수배, 1964년 1차 인혁당 사건으로 구속, 1년형 집행유예 2년, 한국골든스탬프사 상무, 1974년 4월 '인민혁명당 재건 사건'으로 구속, 1975년 4월 8일 대법원에서 사형 확정, 1975년 4월 9일 새벽 사형 집행, 2005년 12월 7일 국정원 진실위 '인혁당 사건이 박정희 정권에 의해 조작, 과장되었다'는 조사 결과 발표, 2007년 1월 23일 서울중앙지방법원의 재심으로 '사형당한 8명 전원에게 무죄 판결.'

절대권력에 빌붙으면 무슨 짓을 해도 3대에 걸쳐 잘 먹고 잘살 길이 열리고, 잘못 보이면 아무리 옳은 일을 해도 죽음이다. 어떤가. 이 글을 읽는 순간 절대권력에 빌붙고 싶은 생각이 절로 들지 않는가?

지금 이 땅의 반쪽은 한반도 남녘에서 절대권력으로 군림

하고 있는 아메리카합중국의 군사식민지나 다름없다. 전작권은 6·25전쟁이 발발한 뒤로 60년이 넘게 주한미군 사령관 손에 쥐어져 있다. 대한민국의 똥별들은 대한민국 대통령을 군 통수권자로 여기지 않는다. 그러기에 그들은 노무현 대통령에 맞서서 쌍지팡이를 들고 전작권 환수를 반대했다. 이명박 정권 때도 반대했고, 지금도 마찬가지다. 그들은 '대한민국' '국군'이 '조선민주주의인민공화국'의 '인민군'보다 전투력에서 열세라고 이구동성으로 외친다. '대한민국' 국방비가 '조선민주주의인민공화국' 군사비보다 열 배, 백 배가 넘더라도 이들의 주장은 바뀌지 않을 것이다. 왜 그럴까? 이 똥별들이 제대를 하고도 특권을 누리면서 떵떵거리고 살 수 있는 힘이 아메리카합중국의 군산복합체가 음으로 양으로 제공하는 떡고물에서 나오기 때문이다.

박근혜 대통령은 한반도 사드 배치를 강요하는 아메리카합중국의 끈질긴 압력을 견딜 수 있을까. 절대권력에 절대복종하기를 배우고, 그 절대권력을 행사하기 위해서 더 큰 절대권력에 무릎 꿇는 똥별들을 양산한 사람이 바로 아버지 박정희였고, 그 뒤로 3대에 걸친 군사독재 정권 아래서 모두 군사식민 본국인 아메리카합중국과 그 하수인인 주한미군에 기대서 썩을 대로 썩은 특권을 이제까지 유지해 온 똥별들이 겹겹이 둘러싸고 있는 상황에서?

현재 대한민국 대통령은 갈림길에 서 있다. 주한미군 사령관에게 떠맡긴 전작권을 당장에 돌려받아 군 통수권을 제대로 행사할 것이냐, 아니면 군 통수권도 없는 허수아비 대통령으로서 아메리카합중국이 제멋대로 이 땅에 사드를 배치하게 함으로써 온 국민이 속절없이 죽음의 위험에 노출되는 것을 방치할 것이냐. 만일에 대한민국 대통령이 아메리카합중국의 압력에 못 이겨 후자를 선택한다면 대한민국 국민은 살기 위해서라도 분연히 떨쳐 일어서야 한다. 그리고 다 함께 소리 높이 외쳐야 한다.

"주한미군 물러가라."

"양키 고 홈."

"박근혜는 하야하라."

2015. 5

나, 아메리카합중국 혁명 사령관

경부선 열차를 타고 서울을 떠나 부산을 향해 절반쯤 가다 보면 충북 영동에 한 굴다리를 지나게 된다. 노근리 마을로 가는 쌍굴 다리이다. 노근리 양민학살사건은 바로 이곳에서 일어났다. 1950년 7월 26일부터 29일까지 미군은 하가리와 노근리 일대에서 피난 가던 사람들을 폭격, 기총소사로 대량 학살했다. …… 산산이 바스러져 형체도 알아볼 수 없거나 이름을 알 수 없는 시신들, 학살 이후 부상과 후유증으로 죽은 피난민들까지 더하면 피해자는 400명이 넘는다. 지금까지 미국 에이피(AP) 통신 기자나 미 국방성 조사반에게 미군이 노근리에서 민간인을 공격한 사실을 증언한 참전 미군은 확인된 사람만 25명이다.

정은용이 쓰고 박건웅이 그린 600쪽이 넘는 그래픽 노블 《그 여름날의 기억 – 노근리 이야기 1부》(정은용 글, 박건웅 그림, 보리, 2014) 맨 마지막에 나오는 글이다.

한국전쟁에서 이런 짓을 저지른 아메리카합중국은 베트남전쟁 때는 밀라이에서 더 끔찍한 짓을 저지른다. 1968년 3월 16일 윌리엄 캘리 중위가 이끄는 26명의 군대는 노인,

부녀자, 아이들(젖먹이까지)을 무차별 살해하는 것만으로 모자라 여자들을 강간하고 가슴을 도려내는 짓까지 서슴지 않는다. 이 스물여섯의 강간살인범들은 재판에 회부되지만 유죄 판결을 받은 사람은 캘리 중위뿐이고, 처음에는 여론에 밀려 종신형을 받았던 이 친구마저 가택연금 3년 6개월 만에 풀려난다.

스무 살 안팎의 돈 없고 뒷심 없는 젊은이들을 나라 안팎의 싸움터로 내보내 '사람 백정'을 만드는 아메리카합중국의 전통은 오래되었다. 이 나라에서 돈벌이와 권력 사다리 타기는 '전쟁광 되기'와 맞먹는 말이다. 한반도 허리에 삼팔선을 그어 동족상잔의 빌미를 제공한 트루먼부터 이 나라 남녘땅을 대중국 전쟁 전초기지로 삼으려는 오바마까지 역대 아메리카합중국 대통령치고 전쟁광으로 바뀌지 않은 사람은 한 명도 없었다고 나는 믿는다.

그래서다. 나는 아메리카합중국 혁명군 사령관이 되겠다고 진작부터 마음먹었다. 다들 미국이 짱이라고 여길 때도 나는 다른 모습을 보았다. 전쟁광인 조지 부시가, 아프가니스탄이 오사마 빈 라덴을 그 나라에 숨겨 주었다는 까닭만으로, 군사력이라고는 탈레반 5만 명에 세상에서 가장 가난하고 외교적으로도 고립되어 겨우 파키스탄하고만 외교관계를 맺고 있는 그 힘없는 나라에 66개국의 연합군을 앞세워 쳐들어갈 때, 그리고 그 막강한 군사력과 화력으로도 그 싸움에서 이기지 못하는 것을 보았을 때, 나는 아메리카합중국이 '종이호랑이'임을 알아챘고, 대한민국 육군 소위 정훈장교 출신인 나이 육십이 넘은 나라도 이 만만한 나라를 뒤집어엎을 수 있다는 자신감이 부풀어 올랐다.

나는 틈만 나면 '아메리카합중국 혁명전쟁 전술 교범'을 머릿속에 쓰는 데 골몰했다. '혁명 참모부'의 구상은 이미 오래전에 섰다. (참고로 말하자면 하워드 진과 노엄 촘스키도 참모진의 일원이었는데 내 부임 날짜가 늦어지는 바람에 하워드는 이미 죽었고 노엄도 죽을 날이 오늘내일이다.) '전쟁 비용'은 할리우드 베벌리힐스 근방에 세탁소를 열고, 거기서 어정거리는 유명 배우들이 입다 버린 옷가지며 심지어 속옷들까지 깨끗이 빨아 경매에 부쳐서 마련하기로 했다.

알다시피 해마다 세계 이곳저곳에서 크고 작은 전쟁이 스무 번쯤 일어나야 '팍스 아메리카나'(합중국의 평화)는 유지될

수 있다. 다만 조건이 있다. 그 전쟁은 아메리카 영토 밖에서 일어나야 한다. 약점은 바로 여기에 있다. 미국이나 일본이나 중국이나 러시아나 어느 나라도 자기들 사이에 전면전이 일어나기를 바라지 않는다. 이른바 강대국끼리 전면전을 치르면 핵무기와 화생방무기가 온 하늘 온 땅을 뒤덮어 풀 한 포기, 나무 한 그루 남아나지 않을 것을 이 나라 전쟁광들이 누구보다 잘 알기 때문이다. 그래서 이들은 힘없는 나라에서 일어나는 국지전, 내전은 팔 걷어붙이고 뒷받침하지만 저들 사이에선 서로 쏙떡 먹이고 삿대질만 할 뿐이다.

내전은 무기의 성격을 바꾼다. 아메리카합중국 혁명군 사령관인 나는 총칼이나 대량살상무기를 손에 들 필요가 없다. 나를 상대하는 전쟁광들이 손에 드는 무기도 그만그만할 것이다. 제 나라 국민들 사이에 스며들 혁명군들을 잡아 죽이겠다고 대량살상무기, 이를테면 '탄저균'이나 '마더밤'(공중폭발대형폭탄)이나 '핵무기'나 '고고도 미사일'을 쏠 수는 없다. '검은 물(블랙워터) 단원'이나 '아메리칸 스나이퍼'나 '이소룡'이나 '성룡' 같은 무예계의 고수들이 혁명군과 전쟁광들 가운데 어느 한편에 서서 혁명 세력이 되거나 반동 세력에 빌붙을 터인데, 내란에서 최대의 무기는 멕시코 사파티스타 혁명군 부사령관 마르코스가 일찍이 밝혔듯이 '말'이다. 되풀이하자면, '우리의 말이 우리의 무기다.'

"입 닥쳐!" "주둥이 잘못 놀리면 죽을 줄 알아." "말 많으면 공산당이야." 옛날부터 전쟁으로 권력을 쥐거나 유지하고 있는 놈들은 말 많은 치들을 지긋지긋하게 싫어했다. 오죽하면 진시황이 분서갱유를 했겠는가. 오죽하면 아테네 전쟁광들이 나이 일흔이 넘은 소크라테스를 독약 먹여 죽였겠는가. 오죽하면 비폭력 불복종 운동으로 피 한 방울 흘리지 않고 영국으로부터 독립을 쟁취한 간디가 여든이 넘은 나이에 애국 광신도 손에 암살을 당했겠는가. 오죽하면 말 많은 검둥이라 하여 마틴 루서 킹을 쏘아 죽였겠는가.

아메리카합중국은 말 많은 평화주의자들을 죽이거나 가두어 입 닥치게 하기로 악명이 자자한 나라다. 아메리카합중국 군산복합체의 상징인 쌍둥이 빌딩이 순식간에 주저앉은 9·11테러 이후로 제멋대로 아가리 놀릴 권리가 부여된 유일한 집단은 기독교를 믿는 부시 일파 흰둥이들뿐이다. 나머지는 공항검색대에서 홀랑 벗겨 놓고 사타구니 밑을 더듬어도 모두 입 다물어야 한다. 이러한 침묵의 문화는 아메리카 혁명군의 전략 전술 운용에 크게 도움이 된다. 대중매체가 극우 세력의 나팔수가 되어 있는 것도 나쁜 조건은 아니다. 우리는 이미 대한민국 대중 언론 매체인 조중동문, 엠비시, 케이비에스, 최근에 기승을 부리는 종편들을 비롯해서 전 세계 극우 언론의 노가리에 귀를 닫을 만큼 대중매체의 힘과 한계를 누구보다 더 잘 겪은 사람들이다. 우리 혁명군은 아메리카합중국에서 가시 돋친 말로 대거리를 하는 대신에 사랑을 속삭일 것이다. 우리가 갈고닦은 말의 전통은 그리스·히브리 전통이 아니다. 그 매끄러운 수사학과, 비판이라는 이름으로 헐뜯는 논쟁술, 그리고 팥으로 메주를 쑨다고 해도 '믿습니다'를 줄줄이 읊으면서 한편으로는 저와 다른 뜻을 가진 사람들의 말을 이단으로 낙인찍고 마녀사냥을 하는(이를테면 매카시즘 선풍) 그 말싸움에서 벗어나 저 헐벗고 굶주리는 사람들, 아무 데도 기댈 데가 없어서 전쟁광들의 총알받이가 되어 먼 나라에 가서 죽거나 종살이를 하더라도 군소리 한마디 할 수 없는 이들의 귀와 입이 될 것이다.

내가 혁명 사령관으로 미국에 도착하면 맨 먼저 '제주 4·3

항쟁'에 깊은 관심과 슬픔을 함께 나눈 '노엄 촘스키'와 이번에 대한민국 정부의 냉대를 꾹꾹 눌러 참고 휴전선을 넘어온 평화운동가들, 특히 '글로리아 스타이넘'을 만나 고마움을 전하고, 다음으로 〈볼링 포 콜럼바인〉을 감독하고 제작한 '마이클 무어'를 찾아가 그의 카메라를 한층 더 업그레이드된 무기로 바꿀 것에 대해 이야기를 나눌 것이다. 그리고 미시시피 유역을 오르내리면서 '마크 트웨인'의 책들을 읽고 낄낄거리는 책읽기 모임을 꾸리고, 거기에 곁들여 '찰스 디킨스', '조너선 스위프트'의 책도 함께 읽으면서 우리의 무기인 말 씨앗을 그 바람이 왼쪽에서 불든 오른쪽에서 불든 가리지 않고 모든 바람에 날려서 언제 어디에서나 평화의 꽃으로 피어나게 할 것이다. 아울러 그들의 독서목록에 《강아지 똥》(권정생 글, 정승각 그림, 길벗어린이, 1996)이나 〈한티재 하늘〉(권정생 글, 지식산업사, 1998), 《곰이와 오푼돌이 아저씨》(권정생 글, 이담 그림, 보리, 2007) 같은 '권정생'의 책들도 살그머니 끼워 넣을 것이다.

2015. 7

아메리카합중국 혁명 공약

"모두가 좋다고 두둔하는 사람은 좋은 사람이고, 모두가 나쁘다고 손가락질하는 사람은 나쁜 사람입니까?"

"아니다."

"그러면 어떤 사람이 좋고, 어떤 사람이 나쁩니까?"

"좋은 사람이 좋다고 두둔하고 나쁜 사람이 나쁘다고 헐뜯는 사람은 좋은 사람이고, 나쁜 사람이 좋다고 치켜세우고 좋은 사람이 나쁘다고 등 돌리는 사람은 나쁜 사람이다."

'자로'와 '공자'의 문답을 나 나름으로 옮겨 보았다. 내가 그 나라의 혁명군 사령관으로 자임하는 아메리카합중국에는 나쁜 사람보다 좋은 사람들이 훨씬 더 많이 살고 있다. 다만 나쁜 놈들이 정치, 경제, 사회, 교육의 여러 분야에서 힘을 휘두르고 있어서 이대로 두었다가는 제 나라만 망칠 뿐 아니라, 온 세계를 덩달아 재난의 구렁텅이로 몰아넣기 십상인지라, 합중국의 군사식민지 처지에서 벗어나지 못하고 있는 대한민국 국민으로서 합중국 국민들을 '어엿비' 여겨 이 어려운 과업을 내 몫으로 감당하겠다는 것이다.

"한국은 아직 휴전 상태이고, 종전을 위한 평화협정에 한국은 당사자가 못 되고 북한과 미국이 해야 하는데, 미국이 계속 평화협정을 거부하고 있다. 미국은 최근 매년 800억 원의 무기를 한국에 팔고 있으며 한국은 매년 2000억 원을 미국에 무기 관련 비용으로 지불하고 있다."

왜 미국이 한반도 통일에 걸림돌이 된다고 믿느냐고 묻는 미국인 교사에게 백악관 앞에서 9일째 피켓 시위를 하고 있던 '고은광순'이 대답한 말이다. 고은광순은 이미 지난 6월 25일부터 광화문 미국 대사관 앞에서도 시위한 이력이 있다. 그이가 든 피켓에는 다음과 같은 글귀가 씌어 있었다.

'무기 없는 세상 어머니 손으로! / 탄저균 가지고 미군은 떠나라! / 비싼 전쟁 말고 싼 평화를! / 중단하라, 전쟁과 무기 생산! / 평화협정 지금 하라!'

얼마 전까지 펜타곤에서도 피켓을 들고 시위했다는 소식을 들었다. '전쟁은 마약과 같아서 끊임없는 소비를 요구하며 지구 생명을 망친다'는 뜻을 영어로 옮겨 적어서. ('마약' 하면 떠오르는 게 있다. 여당 대표의 둘째 사위 집에서 마약 투여 주사기가 17개나 발견되었는데, 디엔에이 검사 결과 이 가운데 하나는 누구 것인지 모르는 제3자의 디엔에이가 나왔고 검찰은 그

가 누군지 밝히지 않는 것으로 어물쩍 넘어갔다는 이야기, 혹시나 한집에 약쟁이가 둘이 살고 있지 않을까 궁금하다는 이야기, 본디 4년 이상 9년 6개월 이하의 형에 처해야 하는 중범죄에 해당하는데, 검찰은 아예 구형부터 3년으로 낮추고, 법원은 4년 집행유예 판결을 내리고, 마땅히 해야 하는 게 상식인데도 검찰은 항소를 포기했다는 이야기들이 곁들여진 뒤숭숭한 이야기들이 있는데, 이 자리에서는 덮어 두기로 하자.)

미리 알았더라면, 나이도 나이고 건강 문제도 있는지라 이걸 빌미 삼아 혁명군 사령관직을 고은광순 님 같은 평화어머니에게 맡길 수도 있었을 텐데 그러지 못해서 아쉽기는 하나 뒤늦게나마 다음과 같이 '아메리카합중국 혁명 공약'을 밝히는 바이다.

혁명 공약

1. 전쟁국가 아메리카합중국을 평화국가로 바꾼다.

1.1. 아메리카합중국 군산복합체를 해체한다.

1.1.1. 대량살상무기를 비롯한 모든 살상무기의 생산을 중단한다.

1.1.1.1. 군대를 해체한다.

2. 50개 주를 500개의 자치국가(코뮌)로 재편한다.

2.1. 도시의 규모는 인구 2만 이하로 제한한다.

2.1.1. 도시 에너지 수급은 생체 에너지 중심으로 재편한다.

2.1.2. 모든 도시민의 야간작업, 철야작업은 법으로 금지한다.

2.2. 노동시간은 하루 평균 네 시간을 넘기지 않는다.

3. 모든 자치국가의 인구 90퍼센트 이상은 먹을 것, 입을 것, 잠자리 같은 기초 살림에 필요한 것들을 생산하는 일에 종사한다.

3.1. 농업은 평화산업으로 농사짓는 사람에게는 가장 큰 혜택이 주어진다.

3.2. 농민 문화는 놀이와 잔치 문화로 적극 복원, 육성한다.

3.3. 모든 농토는 국유화하고 오직 농민만 농토에 대한 권리를 행사할 수 있다. 그러나 그 권리는 경작권에 국한되고 소유권은 자치국가에 있다.

4. 교육은 '백년 대계'가 아니고, '인류 생존 대계'로 바로잡는다. (인간은 본능에 기대서만은 살아남을 수 없는 생명체임을 바로 알고 다음과 같은 교육목표를 달성하는 데 모든 힘을 기울인다.)

4.1.1. 왜 배우는가? 살아남으려고 배운다. (배움의 목적은 삶에 있다.)

4.1.2. 왜 가르치는가? 살리려고 가르친다. (가르침의 목적은 살림에 있다.)

4.1.3. 교육의 일차 목표는 1) 스스로 제 앞가림을 할 수 있는 힘을 기르는 것(먹물 말로 바꾸면 '개체 생존 유지 능력 배양'), 2) 서로 도우면서 살 수 있는 힘을 기르는 것('상호 협동 능력 함양')이다. (나머지는 곁가지다.)

4.1.4. 먹을 것, 입을 것, 잠자리 문제를 스스로 해결하는 힘을 길러 주는 교육과정은 만 16세 이전에 마무리 짓는다.

4.2. 모든 특권교육은 중단한다.

4.2.1. 특권교육과 특수교육은 다르다.

4.2.1.1. 특권교육은 저만 잘살 길을 찾는 교육이다.

4.2.1.2. 특수교육은 남을 잘 살리는 길을 찾는 교육이다.

4.3. 특권을 목표로 삼는 모든 제도 교육 기관을 폐쇄한다.

4.3.1. 대학입학 자격은 4.1.3.에서 1)의 과정을 16세까지 마치고, 2)의 과정을 그 나이에 맞게 거쳤다고 자치국가의 교육위원회가 인정하는 사람에게 부여한다.

4.3.2. 교육위원회의 위원 가운데 과반수는 농민의 몫이다.

4.4. 모든 교육은 무상으로 이루어지고, 피교육자의 생계는 자치

국가가 책임진다.

5. 기존의 입법, 사법, 행성 기관은 모두 해체한다.

5.1. 혁명정부의 입법, 사법, 행정에 관한 것은 따로 밝힌다.

6. 선거권은 20~60세 사이의 남녀만 행사한다.

6.1. 피선거권은 30~70세 사이의 남녀에게 주어진다.

7. 자치국가의 국민을 대표하는 모든 기관의 임직원 가운데 과반수는 여성의 몫이다.

7.1. 결혼 제도는 폐지한다. (국가는 남녀가 만나고 헤어짐에 어떤 간섭도 할 수 없다.)

7.2. 젖 먹이는 일만 여성이 전담할 뿐, 그 나머지 모든 일은 여자와 남자가 고루 분담한다.

7.3. 남녀 간 어떤 일로 다툼이 생겼을 때 분쟁조정위원은 전원 여성으로 구성한다.

8. 핵가족 제도는 허용하지 않는다. (가족의 울타리 안에는 할머니, 할아버지, 아버지, 어머니, 딸, 아들이 들어 있다.)

9. 모든 자치국가 국민들은 자기 삶의 시간 1/2 이상을 이웃을 살리는 살림에 쓴다.

10. 특수 영역에서 사적 소유는 존중된다. 그러나 상속은 금지

한다.

11. 연방은행을 폐쇄하고, 국제 화폐, 연방정부 화폐를 폐지한다.

12. 각 자치국가는 저마다 자체 도량형을 따로 만들 권리가 있다.

13. 언어의 다양성을 인정하고, 각 공동체에서 쓰는 입말은 모두 그 공동체의 표준말로 존중받는다.

13.1. 외국어 교육을 권장하고, 각 자치국가의 국민은 제 나라 말 밖에 한 가지 이상의 외국어를 익힐 의무가 있다.

14. 온 국민은 무상으로 치료받을 권리가 있다. (60세 이상 나이가 든 사람에게는 본인의 뜻에 따라 안락사가 허용된다.)

15. 아이들의 양육과 교육의 궁극 책임은 국가에 있다.

16. 아메리카합중국 원주민이 지녔던 제반 권리는 존중되며 최우선으로 회복시킨다.

서력 2015년 9월 18일

아메리카합중국 혁명 사령관 윤구병

2015. 9

이름을 바로잡아야 한다
-국군과 인민군

공자가 위나라 승상의 물망에 올랐던 적이 있었나 보다. 그때 자로가 공자에게 '선생님께서 위나라 승상이 되면 무슨 일부터 하실 건데요?' 하고 물었다 한다. 공자 가라사대 '이름을 바로잡겠다.' 정명(正名).

국가를 위해서 싸우는 군대가 있고, 인민을 위해서 싸우는 군대가 있다. 흔히 앞사람들을 '국군'으로, 뒷사람들을 '인민군'으로 부른다. 비스마르크 시대의 프로이센군, 그 뒤를 이은 나치의 독일군은 국군이었다. 무솔리니의 이탈리아 군대, 도조의 일본군도 마찬가지였다.

그런데 같은 나라 사람으로 이루어진 군대라도 제정 러시아 시대 러시아군이 황제폐하를 위해서 제 나라 사람들을 눈 하나 깜짝하지 않고 쏘아 죽이고 찔러 죽이던 대러시아 제국 국군이었던 것과는 달리, 러시아 혁명 이후에 인민 해방을 위해 싸운다고 외쳤던 적군(赤軍)은 스스로를 인민군으로 불렀다. 국군 가운데 국군으로 악명이 자자했던 대일본 제국 군대는 천황폐하에게 영광을 바치기 위해서라면 못 저지를 짓이 없었다. 그들은 중국 난징에 쳐들어가 전쟁에 걸림돌이 되었다는 이유만으로 민간인 수십만 명을 학살해 놓고도 그에 대한 온갖 증거가 낱낱이 드러난 오늘까지 그런 일이 없다고 총리라는 자가 앞장서서 시치미 떼고 있다. 그리고 일본 역사교과서에는 난징학살 사건은 아예 통째로 빼 버리거나 중국 쪽 주장을 침소봉대라고 주장하거나 아예 거짓말이라고 가르친다. 검인정 교과서인데도 그렇다. (그런 점에서 국무총리라는 자가 채택률이 0.1퍼센트밖에 안 되는 교학사 교과서만이 올바른 관점에서 집필된 교과서이고 나머지 99.9퍼센트는 비뚤어진 시각에서 써서 나라 망신만 시키는 교과서라는 망언을 서슴없이 내뱉는 대한민국 꼴도 도긴개긴이다.)

일본이 2차 세계대전 말기에 만주국에서 길러 낸 관동군도 대일본제국 식민지 군대답게 중국 인민이나 조선 인민이나 대일본제국의 국익에 어긋난다 싶으면 남녀노소, 민간, 군인 가리지 않고 닥치는 대로 죽여 없애는 데 앞장섰다. 그 관동군에는 지난날 대한민국 대통령이었다가 가장 믿었던 부하에게 총 맞아 죽었던 사람도, 그 밑에서 국무총리 노릇을 했던 사람도, 또 별을 네 개씩이나 달았던 사람도 끼어 있다. 그러나 대한민국 교과서에는 국정이었던 시절에도 검인정이었던 시절에도 이들의 행적은 감쪽같이 빠져 있었다.

1945년 9월 9일. 점령군으로 한반도 남녘땅에 첫발을 내디뎠던 아메리카합중국 국군은 70년이 넘은 아직까지 이 땅에서 떠나지 않고 있을 뿐 아니라 대한민국 대통령의 고유 권한으로 헌법에 적혀 있는 군대 통수권의 일부인 전시작전통제권까지 가지고 있어서 주한미군 사령관은 마음만 먹으면 이 땅에서 다시 전쟁이 일어날 때 일본 군대를 끌어들이는 권한을 행사할 수 있다. 다시 말해서 아메리카합중국 국군도, 다시 발돋움하는 대일본 국군도 그들이 발 들여놓는 다른 나라 땅 인민들의 안위에는 관심이 없다는 것이다.

그 예를 굳이 멀리서 찾으려고 애쓰지 않아도 된다. 아메리카합중국 국군, 다시 말해 주한미군은 6·25전쟁 때 노근리 쌍굴 다리에 피난 가던 민간인 500여 명을 몰아넣고 기관총을 굴다리 양쪽에 네 대나 걸어 놓고 집단 학살을 했다. 이들의 만행은 여기에서 그치지 않는다. 베트남전쟁에서 마을 주민들을 젖먹이까지 깡그리 몰살했던 이야기는 앞에서도 한 적이 있다. 어디 그뿐인가. 지금 이 순간에도 세계 곳곳에서 학교도 병원도 가리지 않고 미사일로, 드론으로 공격한다. 그리고 어쩌다 알려지면 실수라고 발뺌한다.

나는 소비에트 인민군이었던 '적군'이 러시아 국군이었던 '백군'과 싸울 때 소비에트 인민들을 그렇게 함부로 죽였나는 역사 기록을 자본주의 국가에서 나온 반공서적에서조차 본 적이 없다. 만일에 그랬다면 인민들이 모두 적군으로부터 등을 돌렸겠지. 그리고 러시아 혁명은 애당초 물 건너갔겠지. 티토의 루마니아 인민군이었던 붉은 군대도, 제국주의 일본 국군과 싸우고 나중에 장제스(장개석)의 중화민국 국군과도 싸웠던 중국 인민군인 홍군도 제 나라 인민들을 마구잡이로 죽였다는 이야기를 들은 적도 없고 책에서 읽은 적도 없다.

대한민국 국군은 어땠을까? 이들은 역사의 굽이굽이마다 정말 국군다웠다. 애국의 기치 아래 어떤 명령이든 따르고 통치자가 시키면 무슨 짓이든 마다하지 않았다. 6·25전쟁이 일어나자마자 대통령이라는 자가 멀리 대구까지 한달음에 달아났다가 스스로도 너무했다 싶었는지 대전까지만 되돌아와 마치 자기가 그 순간에도 서울을 지키고 있는 것처럼 꾸미고 국군이 인민군을 무찌르고 북진하고 있으니, '서울 시민은 동요하지 말고 제자리를 지키라'는 거짓 방송을 해 대고, 그 말이 못 미더워서 피난하고 있는 시민들 수천 명이 한강 다리를 가득 메우고 있는 터에 인민군이 대전까지 짓쳐 들어올까 봐 겁이 나서 폭파시켜 버리라는 명령을 내리자 충성스러운 국군은 두말없이 그 말을 따르지 않았던가. 그리고 그 결과 수많은 애꿎은 목숨들이 고스란히 수장되지 않았던가.

어디 그뿐인가. 1951년 2월 9일에서 11일까지 경남 거창군 신원면에서 일어난 '거창양민학살사건.' 국군 11사단 9연대 3대대는 빨치산 토벌을 내세워 민간인 719명을 한 구덩이에 애 어른 가릴 것 없이 젖먹이에서 할머니까지 몰아넣고 쏘아 죽이고 불태워 죽였다. (희생자 남자 331명, 여자 388명, 3살 이하 100명, 4~10살 191명, 11~14살 68명, 60살 이상 66명. 성별, 나이별, 희생자 수는 자료마다 조금씩 차이가 있기도 하다.) 인민군의 소행으로 덮어씌우려다 나중에 들통이 나서 온 나라가 벌컥 뒤집혔다. 참혹한 사건이 벌어졌는데도 그 짓을 저질렀던 국군들이 제대로 처벌받은 기록은 없다.

미국군과 한국군이 수행했던 '애국' 전쟁에서 피해를 입은 민간인은 이 밖에도 수두룩하지만 이에 대한 제대로 된 역사 기록은 교과서에서 찾아볼 길이 없다. 애국을 코끝에 걸고 군복만 걸치고 있으면 어느 나라 국군이든 이 세상에서 가장 끔찍한 연쇄살인을 저지르더라도 전쟁 영웅으로 떠받들리는 게 전쟁광들이 판치는 요즘 세상의 모습이다. (미국 영화 〈아메리칸 스나이퍼 - 합중국 저격병〉, 얼마나 멋진 영화 제목인가.)

'이름을 바로잡아야 한다'는 공자의 정명 사상은 요즈음에 더 절실하다. 군대 없는 세상이 가장 바람직하지만, 세계 곳곳에서 전쟁광들이 설치는 판에 이들과 맞서서 싸우는 게 평화를 사랑하는 사람들의 어쩔 수 없는 선택이라면, 각 나라의 전쟁광과 맞서는 군대는 국가에 충성하는 군대가 아니라 그 나라의 인민(人民)을 지키는 군대가 되어야 한다. 남북전쟁이 한창이던 1863년 11월 19일, 링컨 대통령은 게티즈버그에서 짧은 연설을 했고, 그 연설의 마지막 말은 다음과 같았다.

"인민의, 인민에 의한, 인민을 위한 정부는 지상에서 사라지지 않을 것입니다."

오늘 아메리카합중국의 군대는 링컨의 뜻을 저버리고 있

다. 아메리카합중국의 군대 편제를 본떠서 생겨나고 유지되고 있는 대한민국의 군대도 인민의 뜻을 저버리고 있기는 마찬가지라고 나는 믿는다. 제 나라의 이익을 위해서라면 세계 어느 곳에서 무슨 짓을 저질러도 좋다는 애국주의로 단단히 무장된 국군이 되는 대신에 어느 나라에 살든 그 나라에 사는 인민들을 감싸고 지키는 군대, 안팎의 억압과 폭정에 당당히 맞서는 군대, 곧 인민의 군대로 바로 서야 나라가 지켜질 수 있다.

나는 대한민국 군대도 백성의 군대, 인민에 의지하고 인민을 위해서 싸우는 인민의 군대로 거듭나야 한다고 믿는다. 그런 뜻에서 '국군'이라는 이름을 '인민군'으로 바로잡아야 한다고 본다. (북녘에서 이미 쓰고 있다고 꺼릴 일은 아니다. 그래도 어쩐지 껄끄럽다면 '인민해방군'으로 불러도 좋겠지.)

2015. 11

2015~2016년 박근혜 정부 통일정책 톺아보기

2015년	
8월 4일	휴전선 비무장지대에서 목함지뢰 폭발로 수색 작업하던 국군 두 명 중상.
8월 10일	11년 만에 대북 확성기 방송 다시 시작.
8월 21일	북녘에서 준전시상태 선포.
8월 22~24일	남북 고위급 접촉.
8월 25일	남북 고위급 협상 타결. 아래 여섯 개 사항에 합의. ▪ 남북 당국자 회담 빠른 시일 내 개최. ▪ 지뢰 폭발로 부상당한 남측 군인들에 대한 북측 유감 표명. ▪ 군사분계선 일대 모든 확성기 방송 8월 25일 12시부터 중단. ▪ 북의 준전시상태 해제. ▪ 추석 이산가족 상봉 추진. ▪ 다양한 분야 민간교류 활성화 추진.
10월 20일~26일	제20차 이산가족 상봉.
12월 28일	한일 '위안부' 협상 타결.
2016년	
2월 10일	박근혜 정부 개성공단 폐쇄 조치 발표.
3월 2일	'국민보호와 공공안전을 위한 테러방지법안' 국회 본회의 통과.
7월 8일	사드 배치 최종 결정.
11월 23일	한일 군사비밀정보보호협정 공식 체결.
12월 9일	박근혜 대통령 탄핵소추안 국회 가결.
2017년	
3월 10일	**"피청구인 대통령 박근혜를 파면한다."** **헌법재판소 재판관 전원 일치 탄핵 판결.**